FABRİKA AYARI

Anlamlı Bir Hayatın Peşinde Konuşmalar

HAYATİ İNANÇ - BEKİR DEVELİ

Yazarlar / Hayati İnanç - Bekir Develi
Kitabın Adı / Fabrika Ayarı

Genel Yayın Yönetmeni / Münir Üstün
Editör / Zeynep Ekşi
Kapak Tasarım / Ömer Faruk Yıldız
İç Tasarım / ademsenel.com

Baskı-Cilt / Mega Basım
Cihangir Mahallesi Güvercin Caddesi No: 3/1
Baha İş Merkezi A Blok 34310 Haramidere, İstanbul
Tel:+90 (212) 412 17 00
Sertifika No: 44452

1. Baskı: Şubat 2020 - 50.000 adet
2. Baskı: Mart 2020 - 10.000 adet
3. Baskı: Nisan 2020 - 10.000 adet
4. Baskı: Haziran 2020 - 10.000 adet
5. Baskı: Eylül 2020 - 10.000 adet
6. Baskı: Kasım 2020 - 10.000 adet
7. Baskı: Mart 2021 - 10.000 adet
8. Baskı: Temmuz 2021 - 10.000 adet
9. Baskı: Kasım 2021 - 10.000 adet
10. Baskı: Şubat 2022 - 10.000 adet

978-605-7525-82-6

Kültür Bakanlığı Yayıncılık Sertifika No: 45359

PROFİL: 763
PRESTİJ KİTAPLAR: 38

PROFİLKİTAP

Necip Fazıl Bulvarı Keyap Sitesi G1 Blok No: 112
Yukarı Dudullu - Ümraniye / İstanbul
www.profilkitap.com / bilgi@profilkitap.com
Tel: 0 216 365 70 91 (pbx) Faks: 0 216 365 70 94

Profil Kitap Maviağaç Kültür Sanat Yayıncılık Tic.Ltd.Şti markasıdır.

FABRİKA AYARI

Anlamlı Bir Hayatın Peşinde Konuşmalar

HAYATİ İNANÇ - BEKİR DEVELİ

Önsöz Makamında

Denizli'nin en küçük kazası Çameli'de 1961'de doğup yatılı mekteplerden de geçtikten sonra İstanbul Hukuk'u 1984'te bitirdim. Yedi sene kadar avukatlıktan sonra mesleği bırakıp sunuculuk, öğretmenlik, denetçilik, yayıncılık yaptım.

Ama en çok kadim şiirimizin ustaları ile hemhâl oldum. Onların hayranlıkla okuduğum eserlerini insanımızla paylaşmayı yol edindim. O bilgelik ve zevkten haberdar etmek istedim gençleri. İnsana yatırımdan daha değerli ne vardı ki?

Dünya dediğin birkaç günlük hikâye. Ne kaldı şurada?

Göçtükten sonra arkamdan hayır dua edecek birkaç yüz genç bırakabilir miyim diye başladım.

Allah bereket verdi.

Gençlerimiz beklediğimden çok daha fazla ilgi gösterdi.

Özlemişlerdi kendi kıymetlerini çünkü ve fark ettiler ki paha biçilmez bir hazinenin varisiler. O erişilmez güzellik ve zenginlikteki şiirimizin arka planını merak ettiler.

Bahtiyarım.

Dua bekliyorum.

Hayati İnanç

Başlarken...

Bismillah: O'nun adıyla...

Sözün başında şunu ifade etmeli ki kalem ve fikir erbabının tahtında gözümüz yok. Onların isminin hizasına ismimizi yazdırmak gibi bir iddiamız da yok. Haddimizi biliyoruz, hamd olsun. Büyük müelliflerin, mütefekkir ve şairlerin binbir çile ve emekle ortaya koydukları saygıdeğer eserler, bizim de tutunduğumuz ve aydınlığında yol almaya çalıştığımız temel metinlerimizdir. Onları ve o muazzam mesailerini öpüp başımıza koyuyor, saygıyla, muhabbetle selamlıyoruz.

Fakat tahdîs-i nimet babından itiraf etmeliyiz ki, Allah Teâlâ'nın bir lütfu ve keremi olarak asla layık olduğumuzu iddia edemeyeceğimiz bir ilgiye ve teveccühe mazhar oluyoruz. İnsanlar söylediklerimize değer atfediyor, kulak veriyor. Ve biliyoruz ki bu da beraberinde büyük bir sorumluluk yüklüyor bize.

Zira hepimiz bize lütfedilen imkânlardan hesaba çekileceğiz. Sesimize kulak vermiş, gönüllerini bize ayarlamış kardeşlerimiz varken sağır dilsiz numarası yapamayız. Bir umuda, bir dirilişe, yeni bir başlangıca vesile olacaksa sözümüzü sakınamayız. Buna hakkımız yok.

İşte bu kitap tamamen bu sorumluluğun şuuruyla vücut buldu. Sözümüz noksan kalabilir, derdimizi bihakkın dile getirememiş olabiliriz ama son kertede muradımız, ağzımızdan çıkanlara değer atfeden insanlara karşı yazı suretinde de vazifemizi dile getirmektir. Çünkü hepimiz bir şekilde imtihan oluyoruz. Söylediklerimiz kadar söylemediklerimizden de, yaptıklarımız kadar yapmadıklarımızdan da hesaba çekileceğiz.

İnancımız şudur: Din bir hâl meselesidir. Onunla hâllenmeden, onu üzerimizde taşımadan dine hakiki anlamda bir mensubiyetten ya da kâmil manada bir sadakatten söz edemeyiz. Evet; dinin felsefesi var, ilmi var, teorisi var, düşüncesi var ama nihai gaye onun bir hâle, bir hayat tarzı ve pratiğine dönüşmesidir. Hayata dokunmayan, yön vermeyen bir din algısı eksiktir. Kitapların sayfaları arasında kalan, amele dönüşmeyen bir düşüncenin, ne kadar parlak ve süslü cümlelerle ifade edilirse edilsin, hiç kimseye bir faydası yoktur.

Modern zamanların çocukları olarak bizler çok şey yitirdik, birçok değerimiz elimizden kayıp gitti. İşin kötüsü bu kaybın farkında da değiliz. Meşgulüz, yoğunuz, amansız bir koşuşturma içindeyiz. Bununla beraber hayatımızda hep bir şeylerin eksikliğini hissediyoruz. Neyi ıskalıyoruz, ihmal ettiğimiz nedir? Bunu düşünecek vaktimiz de yok maalesef. İki kapak arasına aldığımız bu metnin asıl amacı biraz da büyük şairin, "Neyi kaybettiğini hatırla!" dediğidir: Önce bir eksiğimiz, bir kaybımız olduğunu hatırlamak / hatırlatmak istiyoruz. Sonra da vüsatimizce yitik olanın ne olduğuna işaret etmeyi, onun adını koymayı murat ediyoruz.

Bunu yaparken çok çetrefilli, alımlı, felsefi ve teorik cümlelerin arkasına sığınmadık. Zira amacımız büyük büyük laflar etmek değil, bir başlangıca vesile olabilmektir. Çok değil sadece bir yaraya merhem olabilirsek, bir kalbe dokunabilirsek, bir gönülde umut ve merhamet ışığı yakabilirsek bu bize yeter. Sadece bir kardeşimizin "fabrika ayarı"yla, yani fıtratıyla yüzleşmesine aracı olsa, bu kitap görevini fazlasıyla yapmış olacaktır. Ki fıtrata dönmek şairin, "Eve dön, şarkıya dön, kalbine dön!" çağrısına da uymak manasına gelir.

Kıymetli gönül adamı, değerli büyüğümüz Hayati İnanç'la, arka fonda hep bu hissiyatı saklı tutarak sohbet ettik. Çünkü sohbetin gücüne ve bereketine inanıyoruz. Zira sohbet bir hâl aktarımıdır. Sohbet gönlün dile gelmesidir. Sohbet kalbin içindekinin bütün yalınlığıyla dışa vurmasıdır. Sohbet ile söz âdeta can bulur, can olur, can verir.

Evet, bir sohbetin, muhabbetin sonucunda ortaya çıkan bu kitabın temel amacı bir yerlerde aksini bulmak, bir gönülden yankılanmaktır. Bir başlangıca vesile olmak, bir umudu diriltmektir. Bütün meselemiz, bir insanın kalbine dokunabilmektir.

Fahr-i Kâinat Resûl-i Zîşan aleyhisselamın, Hazreti Ali Efendimiz'e söylediği o büyük söz, bu dağınık cümlelerimizin yegâne gayesi ve heyecanımızın da mazeretidir. Buyurmuştu ki Efendimiz (s.a.v.), "Ali, Allah'ın senin vesilenle bir kişiye hidayet nasip etmesi, senin için dünya ve içindeki her şeyden daha hayırlıdır."

Umudumuz, belki de kurtuluşumuza sebep olacak o bir kişidir.

Duamız, o bir kişiye ulaşabilmek, dokunabilmektir.

Niyazımız, o bir kişinin yarasına merhem olabilmektir.

Ötesi değil, fazlası da değil: Sadece o bir kişi.

Âmin.

Bekir Develi

FABRİKA AYARI

Anlamlı Bir Hayatın Peşinde Konuşmalar

1

"İnsanın; yaratılış gayesine uygun, dünyaya uğrama maksadına uygun o şeyi gecikmeden bulması icap ediyor. Ona harcanan mesai ne kadar olsa değer."

Bekir Develi: Bismillahirrahmanirrahim. Allah'a hamd, Resûl-i Ekrem'e (s.a.v.), âlîne ve ashabına salât ve selam olsun. Rabbim, bu kitabı oluşturma adına sarf ettiğimiz zamanın hakkını verenlerden eylesin bizi inşallah. Okuyan kardeşlerimizden, bu kitabı okurken sarf ettikleri zamandan şimdiden helallik isteyelim, Allah razı olsun. Rabbimden bu çabamızı amel-i salih olarak kabul buyurmasını niyaz ederiz. Klasik bir başlangıç olmasın istiyorum: Öncelikle nasılsınız hocam?

Hayati İnanç: Elhamdülillah, şükürler olsun. Allah'ın kulu, Resulü'nün (s.a.v.) ümmeti, kabahatine kusuruna rağmen hâlen nefes alan, seven sevilen biri olarak yaşıyoruz. Biz şükretmeyeceğiz de kim edecek? İyiyiz yani elhamdülillah, hiç hak etmediğimiz kadar. İhsan edildi, merhamete kavuştuk ve hayırlı bir hizmet nasip oluyor. Bu arada da niyetimizi sık sık kontrol ediyoruz; hataya düşmeyelim, havaya girmeyelim, kendimizden bilmeyelim diye. Çünkü hayrı ve kemali kendinden bilen hain olur. Ve affedilmeyen tek suç hıyanettir. Bir iyilik ve güzellik varsa bu Allah'tandır. Kusur, noksan bizdendir. Seferle emrolunduk zaferle değil, Cenâb-ı Hak'tan hayırlı muvaffakiyet niyaz ederiz. Tüm arzumuz kısacık ömrümüzde insanlara bir şekilde faydalı olmak, onları iyi insan olma yolunda bir adım daha teşvik edebilmektir.

Hocam, her şeyin hoyratça, hızlıca tüketildiği ve bu arzular beslenmediği zaman hesap sorulduğunuz, üretken olmamakla itham edildiğiniz hakikaten çok acımasız bir tüketim çağının ortasındayız. Evlilikler de böyle tüketiliyor, aşklar da; gerçek anlamda aşksa tabii... Yemeklerin bile isimleri *fastfood* olmuş yani hızlıca tüketiliyor. Siz bir emek harcıyorsunuz, yıllarınızı veriyorsunuz, bir kitap yazıyorsunuz, onun sonunu getirmeden, hatta kitaba dahi başlamadan, yenisi ne zaman çıkacak diye soruyor insanlar. Tabii bu tüketim kültürünü beslemek için artık 3D filmler çekiliyor, sinemalar doluyor, taşıyor. YouTube'tu, Netflix'ti, iletişim araçlarıydı derken kitap sanki bunların içinde biraz yalnız kaldı...

Mütevazı, garip...

Boynu bükük kaldı. Yani 8D sinemalar var mesela. Filmi izliyorsunuz; rüzgâr adamın kulağının arkasından geçiyor, bunu hissettiriyorlar, yağmur yağıyorsa insanları ıslatıyorlar. Her şeyin böylesine tüketildiği, üretilen işlerle görsel duyulara bu kadar hücum edildiği şu zamanda, kitap bir anlamda garip kaldı ve biz

şu an derdimizi bir kitapla anlatma muradıyla buluştuk, sohbet ediyoruz hocam. Siz hakikaten müktesebatı sağlam, kitaplardan daha çok beslenmiş biri olarak, kitabı bütün bu garipliğine rağmen daim kılan, değerli kılan şeyin ne olduğunu düşünüyorsunuz? Neden kitaptan vazgeçmemeliyiz ve neden kitabımız hep başucumuzda durmalı?

Estağfurullah... Her duygu yanıltıcı olabilir derler; mesela göz yanıltıcıdır ama dokunduğunuz zaman, tanımadığınız, yeni tanıştığınız biriyle tokalaşıp musafaha ettiğiniz zaman güven hasıl olur. Yani suyun içine bir kurşun kalem sokarsınız kırık görünür, göz yanıltır sizi, elinizle doğru olduğunu anlarsınız. Koku ve dokunma yanıltmaz pek, pek yanıltmaz. Dokunduğunuz şey sizindir; yani ekranda okuduğunuz şeyle fazla özdeşleşemezsiniz moda deyişle, o size mal olmaz pek, aranızda bir mesafe vardır, bir sevimsizlik vardır. Ama kitapla dostluk kurarsınız, kokusu size siner, o kitabı elinize aldığınızda eski bir dostunuzla karşılaşmış gibi olursunuz. Otuz yıl, kırk yıl önce okuduğum kitabı elime aldığım zaman heyecanlanırım hâlen. Klasiktir, onun bir değeri vardır; arada dostluk, yakınlık peyda olur. Kitabın değeri hiçbir zaman bitmemeli, gözden düşmemeli, modernite bizi o konuda aldatmamalı. Okuduğun şeye dokunacaksın.

| **Eyvallah hocam. Yani çağımızın bize sunduğu bu görsel çılgınlık, bu efektler aslında yanıltıcı. Kalbe dokunabilir değil, daha çok bir sihir, bir illüzyon. Öyle mi?**

Tabii, tabii... İllüzyon... Aldatıcı... Zaten dünyanın kendisi aldangaç, bir de burada gönüllü bir aldanma hâli var. İnsanlar aslında yapmacık, yapay, sevimsiz, çok da insana hitap etmeyen bir alanda tatsız tatsız avunduklarını ve oyalandıklarını biliyorlar; yani aslında bu, neşeyi kaybedenin eğlenceye sarılması hâlidir. Biz neşeyi kaybettik. En doğru, daha güzel söyleniş biçimiyle *neşve*yi...

| **Ne fark var ikisi arasında hocam?**

Neşve ruha dair, eğlence bedene. Neşve sizi besler, olgunlaştırır, bazen güldürür bazen ağlatır, pişirir. Eğlence ise oyalar, vaktinizi işgal eder, elinizde hiçbir şey kalmaz, ondan buruk bir lezzet, bir hatıra dahi bulunmaz, anlamsız bir biçimde irtifa kaybetmiş olarak ortamdan çıkarsınız.

| **Bir nevi uyuşturucu gibi bir şey...**

Uyuşturucu, tamı tamına, ağzına sağlık, tamı tamına uyuşma hâlidir. Gönüllü olduğu, bilerek yapıldığı için de tehlikelidir.

| **Uyuşma hâli dedik ya hocam, şunu merak ediyorum: Kimisi gerçekten mesuliyetinden, sorumluluğundan bihaber, o zaten böyle bir uyuşukluğun içinde, akıntıya kapılmış gidiyor. Kimisi mesuliyetinin de farkında ama uyuşmak istiyor, aklımın bir fişi olsa da çeksem diyor. Çünkü kendisi, Allah'ın yüklediği sorumlulukları, gerçek, kâmil manada yerine getiremediğinin farkında. Bir film açıp izleyeyim, beni birazcık bu sorumluluktan kurtarsın, uzaklaştırsın**

diye düşünüyor. Belki de eziliyor. Ehl-i vicdan ama sorumluluğunu yerine getiremiyor…

Ben gafleti arıyorum deme durumu…

| Değil mi hocam?

Fakat ondan önceki vaziyeti, yani neşeyle eğlencenin farkını çok fena hâlde hayranı olduğum Nâilî isimli şairimiz belki üç asır sonra birileri kurcalar diye not düşmüş. Muhteşem bir beyti var. Nâilî merhumun vefatı 1666, Halvetî ve hakikaten sersemletici etkiye sahip bir üstat. Bu yüzden anlaşılması da zor, hayli zor. İzah etmeye kalktığınızda âciz kalıyorsunuz çoğu kere, bir daha bir daha okuyorsunuz. Hiç anlamadan gözlerinizin buğulandığı da oluyor. Enteresan bir üstat.

Neşvedâr-ı hayretiz biz
Cür'adan-ı feyzden
Ne sifâl-i meh ne câm-ı âfitâbın mestiyiz

Sifâl-i meh: Gece kadehi. Câm-ı âfitâb: Gündüz kadehi. Yani meh ay, âfitâb güneş. Gecenin bahşettiği zevklerle de sarhoş değiliz, gündüzün bahşettikleriyle de. Zımnen ifade edilen geceye dair olan zevklerin behîmiyet; gündüze dair olanların kâr, ticaret, başarı vs. olduğudur. Sarhoşuz ama sebebi ikisi de değil, bizim sarhoşluğumuz başka, diyor şair. Bir de birinci mısrada *neşvedâr-ı hayretiz biz* diyor; yani hayret ile neşvedâr olduk, sarhoşuz ama bu neşvenin, bu sarhoşluğun kaynağı hayret. Nereden? *Cür'adan-ı feyz*'den, feyz cür'adanından; hani biraz argo söyleyeyim burayı, feyz cür'adanından bulduk kafayı. Cür'adan kelimesine bir bakalım. Türkçemizde yağdanlık ve çaydanlık kelimelerinde kullandığımız "-dan" ve "-lık" eki fazla aslında, cür'adan, yani içine cür'a konulan kap. Cür'a nedir? Sarhoş olmak için kullandığınız madde katıysa, iki parmağınızla tutabildiğiniz miktara cür'a denir; sıvıysa kadehin dibindeki son yuduma cür'a denir. Onlarla sarhoş değiliz, yani afyonla veya şarapla değil, feyz cür'adan. Feyz diye bir şey var, o kavrama odaklanacağız şimdi, şair zaten dikkati oraya çekiyor. Onun cür'adanından bulduk kafayı, müsaadeyle burada argo kullanıyoruz ya. Peki feyz adı verilen şey nedir?

Hakkında çok şey söylenen, çok şey yazılan feyz en kısa tanımıyla Allah sevgisi demektir ve bunun tahsil edileceği cür'adan, üstadının iki dudağının arasıdır. Yani ben üstadımın sözleriyle, kalbe nakşolunan, irşat edici sözleriyle sarhoşum; beni sarhoş eden, dünyanın ne maddi ne de behîmî, karşı cinse dâhil olan zevkleri değildir. Bu dünyada beni oyalayacak, beni eğleyecek, eğlendirecek başka bir şey yok. Ben ezel bezmindeki sarhoşluğun dünyadaki devamı, tesellisi, avuntusu olan -doğrudan söyleyelim şunu- şeyhimin iki dudağının arasındaki sözlerden sarhoş olmuşum, sen bana neyden bahsediyorsun, bu dünyanın nesiyle beni kandıracaksın? Tamamına bir kıymet verdiğim yok ki sen içinden bir parçayla beni aldatmayı düşünüyorsun.

Şimdi bu beyitten ve emsalinden, insanın böyle bir sarhoş olma ihtiyacı, dedin ya hani fişini çekme, şöyle bir gafleti arama durumu var. İnsan zevk almadığı şeyi yapmaz azizim, velev namaz. Namazı da devamlı şekilde zevk alırsa kılar insan, yani zevk diye bir şey var, zevk zevk... Zorla, metazori, ite kaka, yasak savmak kabîlinden üç gün, beş gün gider. Zevkine varmaktır mesele; sahibiyle irtibat kurmak, O'nunla sohbet ettiğinin bilincine varmak, O'nun muhatabı olmanın tadını az çok almak, koklamaktır mesele. İşte o zevki aldığınız zaman dünyada niye bulunduğunuzu anlar; gelen her şeyden ayrı zevk duyar; acı da olsa lezzet alır; bahtiyar, mutlu mesut yaşarsınız. Hayatınız anlam bulur. *Fe eyne tezhebûn* (81:26). *Nereye gidiyorsun* sualinin cevabı sizde hazırdır, hayatınız onun cevabını teşkil eder. Bundan mahrum olduğunuzdaysa avunmak için bazen gürültüyle, bazen servetle, bazen devletle, bazen şehvetle, bazen oyuncaklarla, yani gündüz veya gece kadehinin sarhoşluğuyla kendinizi aldatırsınız. O esnada da bal gibi bilirsiniz ki bir aldanma içindesiniz.

Yani dışarıda, sokakta ya da çevremizde gördüğümüz; aldandığı hissine kapıldığımız insanlar da aslında aldandıklarının farkındalar mı hocam?

Farkındalar, farkındalar. Görmemeye çalışıyorlar, yani bir an için pas geçmeye, üzerinde durmamaya gayret ediyorlar. Küçücük otomobilin içinde kulak zarını patlatacak bir gürültüyle sözde müzik dinleyen birisi bir şeyi bastırmak için yapar bunu ancak, normal değil çünkü, belli bir desibelden yukarısı insan kulağını rahatsız eder. O çocuk rahatsız şüphesiz. Metroda seyahat ediyorum, yanımdaki çocuğun kulaklığından bana sızan ses, beni orada durdurmuyor; aklım başımdan çıkacak! O sesin tamamı onun kulağının içinde... Bu ancak içerideki bir huzursuzluğu bastırmaya çalışan berbat bir avunma biçimi olabilir.

O zaman sohbetin başına döndüğümüzde parçalar şimdi yerine oturuyor. Sadece medya dilinde kullanılan görseller, animasyonlar, Dolby dijital sesler değil; yapılan büyük binalar, büyük AVM'ler, büyük arabalar... Külli bir illüzyon var.

Aynen öyle! O çok paralar da bir illüzyon. Adam çok para kazanıyor, doymuyor daha da kazanıyor, daha da daha da... Mutlu mu oluyor? Hayır. Ben hiç mutlu zengin görmedim, biraz fazla genel bir şey söyledim belki ama görmedim, yok, olmuyor. Çünkü "yeteri kadar" diye bir prensip var. İhtiyacı aşan her şey zehir; adamın canına okur.

Bu konuda da ihtiyacın ne olduğunu doğru tanımlamak lazım.

İhtiyaçla isteği karıştırmamak lazım. Yani zaten sınır budur. Nefsinin isteğini verme, ihtiyacını ver. İhtiyaç ne kadardır? Üremeye yetecek, yaşamaya yetecek, sıhhatinin devamını sağlayacak miktar... Elbette böyle bir kesin çizgiden söz etmek mümkün değil ama insan da şuurlu bir mahluk canım, şuurlu bir yaratık, artık o kadarını herkes düşünsün. Zaten düşünceden mahrum olduğu zaman insan, acayip bir şey oluyor. Kendini zehirliyor, bu bir hastalık hâline geliyor. İşin kötü yanı bu hastalık bir de bulaşıcı; etrafa sirayet ediyor, insan etrafa da mutsuzluk saçan bir şey hâline geliyor. O yüzden insanın; yaratılış gayesine uygun, dünyaya uğrama maksadına uygun o şeyi gecikmeden bulması icap ediyor. Ona harcanan mesai ne kadar olsa değer.

Bir büyüğün sözüydü bu, okumuştum, diyordu ki: "Cehennem azabını intaç edecek bir günahı gizlice işleyen bir adam, başkasının ıttılâından çok hicap duyduğu zaman, kalbinde küçük bir emare ile melekût âlemini inkâr etmek arzu eder." Çünkü biliyor ki melekût âlemi onu izliyor. Bu yüzden her günahta küfre gidecek bir yol vardır, diyor. Vicdan sahibidir ve keşke onlar olmasaydı, keşke onlar bu yaptığıma şahitlik etmeseydi der, kendine ufak bir helak kapısı aralar, sineğin ısırmasından kaçar ama yılanın sokmasına razı olur, helak olur gider. Dolayısıyla kendisini bu illüzyona inandırmak isteyen insanlar, aslında sadece zararda olan değil, bir anlamda da belki fevç fevç küfre yürüyen insanlar. Perdeyi hakikat telakki eden insanlar, doğru mudur?

Evet, tabii. Bakın burada İmâm-ı Rabbânî'den bir tespiti de sanki dercetmenin yeri gelmiştir: "Günaha azap yapılmasının sebebi küfür kokusu bulunması, küfür bulaşıklığı bulunmasıdır." Neden? Hatâen yaptığına bir şey yok zaten; yani kazâen ayağın kaydı, sürçtü, bunda bir şey yok. Niye azap var? Bilerek, isteyerek yapıyorsan var.

Azm ü cezm ü kastedersen yani...

Azm ü cezm ü kastedersen var. Bu da nedir? Doğrudan küfür değildir elbette ama o kadar yakındır ki, kokusu vardır. Vardır çünkü insan inatla, bu kadar ısrarla günah işleyemez; bir yerde durur, bir yerde durur ve durmalıdır. Tıpkı dediğiniz gibi bu iç huzursuzluk onu "keşke olmasaydı" noktasına getirip inkâra sevk eder. Her günahtan küfre bir yol var, tam da bu demek.

| **Öyleyse aslında güzel dinimizin, din-i mübin İslam'ın senin olmayan bir elmayı tüketmenle, o elmayla ilgili bir sorunu yok. Allah onu yeme dediği hâlde bu cesareti nereden buldun? Bununla bir sorunu var. Metayla değil… Sendeki o yanlış yapma hissiyle, o pervasızlıkla ilgili bir sorunu var.**

Evet. Bunu nasıl yaptın? Emri ayaklar altına aldın... Şimdi şurada iki noktadan söz edilir. İki şey birden geldi aklıma ama kaçırmam inşallah. Biri şu: Allah kuluna gayret eder, kul Allah'a gayret eder, mümin mümine gayret eder. Ahlak âlimi Konyalı Hâdimî merhum şöyle bir tespit lütfediyor: Kulun Allah'a gayret etmesi, kulun Allah'ını kıskanmasıdır. İfadeye bak! Kıskanır diyor, nasıl kıskanır? Rabbimin emri çiğneniyor diye ıstırap duyar, bu olmaz der, Rabbimin emri nasıl ayaklar altına alınıyor diye acı duyar. Sevdiğinizin hükmü çiğneniyor bir anlamda…

Abdülhakim Arvâsî hazretleri mahpusken, hanımını Eyüp Sultan'daki dergâhtan sürükleyerek götürüyorlardı. Talebeleri bu durumu gördüler, ağlaya ağlaya cezaevinde arz ettiler. Efendim, hanım annemize bunu bunu yaptılar, saçı da açıldı filan diye anlattılar. Yürekleri dayanmıyor, söylemek çok ıstırap verici ama gizlemeye izin yok. Hazretin kelamı şu: "Allah Teâlâ'nın namusu bugün ayaklar altına alınmaktadır, bizim namusumuz kaç para eder?" Ya… Allah rahmet eylesin. Bakış açısı... Nedir bu? Namus-ı ilahi, yani din-i İslam ayaklar altına alınırken biz namusumuzu nasıl görelim, bunun üzerinde nasıl duralım…

| **Buna iffeti koy, buna Kudüs'ü koy, buna Mekke-i Mükerreme'yi koy, buna ticaret ahlakını koy, aile saadetini koy, ne koyarsan koy bunun içine.**

Değer meselesi yani, değerlerinin farkında...

| **İkinciyi de arz edecektiniz hocam, kaçmazsa dediniz.**

Yani biraz kaçar gibi oldu da... Onun yeri gelecek yine şimdi... Zihni kontrol etmek çok zor. Böyle haylazlıklar yapıyor bazen. Allahümme salli alâ Muhammed.

Galib merhumun kırk sekiz mısralık şaheserini okuyordum, en çok üzerinde durduğum manzume odur. Bütün okullarda ders olarak okutsak şunu, şu kırk sekiz mısra ile her mesele hallolacak falan gibi hülyalarım, ham hayallerim vardır. Ben bu hayali muhafaza ediyorum da tatbik mevkisine gelmediği için ham hayal diyorum. Bir gün o şiire, mecliste de ehl-i ilim birkaç kişi var, inşallah hafızam beni yarı yolda bırakmaz diyerek başladım. Üçüncü bentte bir mısrada takıldım, dört defa geri giderek patinajla zor çıkardım, çok şükür dedim. Yerime oturduğum zaman o ehl-i ilim dostum, ismini zikretmeyeyim şimdi, kulağıma eğildi. "Bir daha *hafızam* deme, ihtarı aldın," dedi ve devam etti: "Çünkü sen hafızadan değil levhten okuyorsun. Araya kendin girdin, ikazı yedin!"

| **Çok iyi. Kendini çıkar aradan...**

Çıkar aradan ya... Çık aradan, kalsın seni yaratan. Bunu hayatın tamamında böyle görmek lazım. Namaz kılabiliyorsan bu bir kerametir azizim. Bu zamanda sen beş vakit namaza devam edebiliyorsan… Bu kadar mânilere rağmen… Fiziki zorluğu yok, abdest namaz her vakit toplam on dakika, fazla bile gelir. Ama bir istikrar, bir kararlılık, bir sabitkadem olma ister bu. Ömür boyu devam ediyor; yazı yok, kışı yok, tatili yok, pazarı yok…

Bir performans ödevidir yani.

Tabii. Bu bir kerametin zuhurudur; bu sen korunuyorsun demektir, burada özel bir durum var. Namazı özel bir ihsan olarak, bir hediye olarak, sevgiliyle randevu fırsatı ve imkânı olarak görme alışkanlığına da ihtiyacımız var. Günahı savdı, bir vazifeyi yerine getirdi, yükü attı gibi değil de, bilakis, öyle bir imkân ki kim sevgilisine günde beş defa kayıt ve şart olmaksızın kavuşabiliyor, kusuruna dahi bakılmıyor... Bir lokale üye olsan kıyafetten dolayı giremediğin olur, aidat eksik olsa adamı içeri sokmazlar.

Hakikaten öyle.

Ama burada kayıt ve şart yok, demek ki gözden çıkarılmadın, demek ki ümit var, demek ki sende hayat var! Çok güzel bir müjdedir bu. "Filan kulumu tardettim," buyurdu Cenâb-ı Hak o dönemin peygamberine, vahyetti. Peygamber adamın yanına gitti, "Sen bittin, taraf-ı ilahiden tardedildin," diye haber verdi. Adam gayet soğukkanlı karşıladı bunu. Bir müddet sonra karşılaştılar. "Ya benim işim iyi gidiyor, ticaretim güzel, şöhretim güzel, her şey yolunda, sen de peygambersin yalan söyleyecek değilsin. Hani ben tardolduydum?" dedi. Peygamber sordu: "Dua eder misin?" "Hayır." "Ağlar mısın?" "Hayır." "Bitmişsin, haberin yok," dedi, "bundan büyük felaket olmaz; gözün yaşarmıyor, dua etmiyorsun ve diyorsun ki işim iyi. Ne iyi? Battıkça batıyorsun." Ümidi olan ağlar, ümidi kesilmemiş insan ağlar. Bizde gözyaşı rahmet; nisan yağmuru müjde ve neşe; gözlerin ağlaması da ruhun gülmesidir. Modern çağda bu kavramı da kaybettik; ağlamayı olumsuzladık, negatif kodladık; ağlamamak lazım, ağlamak zayıflıktır gibi çok berbat bir anlayış bu. Olur mu hiç! Ağlamayan gülemez ki zaten. Gülmek ağlamanın ta kendisidir, madalyonun biri bir yüzü, biri bir yüzüdür.

| **Hakiki gülenler hakiki ağlayanlardır.**

2

"Yalnızca mal mülk, söz değil; hâl de miras kalıyor."

| İllüzyondan bahsettik, seküler dünyanın duyu organlarımıza saldırısından bahsettik hocam. Sonra namazdan mevzuyu açtığınız için oradan devam edeyim istiyorum. Şimdi bakıyoruz, fıkıh kitaplarında baş şöyle mesh edilir, ayak şöyle yıkanır diye abdest tarif ediliyor ve bunu bize birçok kitap söylüyor... Kalbimize ve gönlümüze böylesine hücum edilen bir zamanda Müslüman olarak nasıl var olabiliriz ve bu taarruzatın altında ezilmemek için ne yapmamız gerekir? İşin mükellefiyet tarafını fakihlerimiz ortaya koymuş. Fakat muhabbet tarafı?.. Aslında buna cevap veren insan sayısı, bunu anlatan kitap sayısı az. Birazcık da bunu konuşalım. Biz nasıl var olacağız? Gelecek nesiller, genç arkadaşlar nasıl var olacak? Diyorsunuz ki zevk almasa namaz kılamaz, demek ki zevk alıyor. Bunun da bir zevk olduğunu, namazda bir lezzet bulunduğunu, insanların bundan istifade etmek için ne yapmaları gerektiğini konuşalım. Belki

önce kendimizden başlamalıyız; kendimize ulaşıp sonrasında dışarıya anlatmamız gerekiyor.

Elbette.

| Müslüman olarak nasıl var olacağız bu sistemde hocam?

Bir hadis-i şerifte bildirildiği üzere; sudaki tuz, sirke içindeki kurt gibi. Yani durum bu. Sen sanki biraz ajite ediyor gibi göründün soruyu sorarken ama hiç de öyle değil, hatta az bile söyledin. Çok ciddi bir durumdan bahsediyoruz, büyük bir tehditten, büyük bir taarruzdan. Hayatta kalmak, yani manen hayatta kalmak hakikaten büyük mesele. Zor elbette, fakat aslında sualin cevabı da içerisinde; kendine ulaşacaksın kendinle. Yani burada samimi ve kesintisiz bir dikkatte ısrarcı olup samimiyetini, aşkını, sevgini muhafaza edecek, tutacaksın. Kolay mı? Hayır. En kıymetli, en zor hadiseden bahsediyoruz. Elbette zor. Ahir zaman dediğimiz şey işte tam da bu demek zaten. Bunu gerçekleştirebilenler binde birlik, on binde birlik bir kısım belki de. Konuştuğumuz şey aslında korkunç. İmanın düşmanı çok. Bundan yüzlerce yıl önce üstatlar, imanıma saldıracaklar diye söğüt yaprağı gibi titriyorum,* diyorlardı. O zaman taarruzat -senin deyiminle, hoşuma gitti- bu kadar yoğun, bu kadar tehditkâr da değildi. Elbette saldırı vardı ama şimdiki gibi değildi. En azından illüzyon günümüzdeki gibi değildi, şimdiki illüzyon dehşet verici zira.

---

* "*Benim sonum ne olacak* diye düşünüp söğüt yaprağı gibi titremeyen kimsenin sonu, tehlikelidir." Ca'fer es-Sâdık (rahmetullahi aleyh)

Taarruz da bu kadar yoğun değildi, bunu kapatacak illüzyon da...

Ayrıca etraf Allah'ın dostlarıyla zengindi.

Mümbitti...

Mümbitti. Allah'ın dostlarına ulaşabiliyor, görebiliyor, dostluk neymiş gözlemleyebiliyordunuz. O yüzden biraz önce keramet sözünü mahsus söyledim. Sadece namaza devam edebiliyor olmak bile zamanımızda çok büyük bir mücadele, çok büyük bir olgunluk vesilesi ve alametidir. Bu konuda biraz daha fazla çalışmamız gerekecek. Böyle nasihat eder gibi değil tabii, kimsenin nasihat dinlemeye tahammülü yok. Pek yok yani, asrımız böyle bir asır... Ama koluna girip onunla beraber yaşamak lazım. Evladı ele alalım mesela, en önemlisi bu. İbadetin zevkini, dünyevi bir şey beklemeden huzur-ı ilahide bulunmanın neşvesini ona tattırmak ve tatmak önemli. Bunu bir defa tadarsa insanoğlu -böyle de bir şey var, fazla iyimser gelecek belki- sonradan başına ne gelirse gelsin, hayatın labirentlerinde nasıl kaybolursa kaybolsun, an gelir ve o lezzet insanı bir yere çağırır, kişi nereye tutunacağını bilir. Babalara, annelere düşen en önemli görevlerden biri de bilhassa namaz, oruç ve zekâttaki, birine bir şey vermekteki o tadı evlatlarına çocukluktan itibaren tattırmak ve bunu birlikte yaşamaktır.

Eskiden sahurda şöyle olurdu... Namazda babam rahmetliyle böyleydik... Babam biraz hadîdülmizaç -gerçi böyle demez gençler- sert mizaçlı bir adamdı ama ramazan gelince bir hoş olurdu... Ona bir şeyler olurdu, adımları yavaşlardı vs... Kendi tecrübelerimi aktarıyorum aslında, babam böyle biriydi. Çabuk kızardı, bizimle resmîydi falan filan ama beş yaşında da fark ederdim ki ramazan gelince babam başka bir adam oluyor vesselam.

Yalnızca mal mülk, söz değil; hâl de miras kalıyor.

Hâl... Bilhassa hâl miras kalıyor zaten. Bilhassa o. Bir babanın evladına bırakacağı en esaslı miras güzel ahlaktır kabîlinden ifadeler var. Çocuk babasını görür, yaşar, hisseder; o yumuşamayı, o letafeti dimağına nakşeder. Bunu ayrıca belirtmeye lüzum yok. Belki pedagojinin temel kaidelerinden birini burada hatırlamanın yeridir: İnsanlar onlara bir şey öğretilmesinden nefret eder ama bir şeyler öğrenmeye bayılır. Öğrenmeyse hâl işidir, kal değil, söz değil. Öğretmek sevimsiz bir kelime, orada "t" var ya sert geliyor, öğretmek filan. Bir zorlama işareti sanki. Mesele de o değil zaten. Mesele şu: Hâlinizi görür, imrenir, özenir ve hakikaten öykünür, size benzemek ister. Daha da ötesini söyleyeyim: Bütün hayatınızla, yaşayış biçiminizle sizi ciddiye alan, size bir şekilde tabi olan, emrinizin altındaki, yanınızdaki kişi -talebeniz, evladınız, kardeşiniz, kanaat önderliğini yaptığınız gençler- kim olursa olsun, size baktığında, sizi gördüğünde neşe duymalı. Güzel insanın tarifi de böyle yapılmıştır.

Sizi görünce neşe duymalı... Sizi dinleyince değil. Önce görmek, önce hâl mi?

Önce hâl...

İlle hâl...

Hâl. Bazı kimseler vardır hatırımda, hafızamda ya da kırk yıldan beri tanıdığım... Ben onları gördüğüm zaman elimi ayağımı toplarım, istikamet alırım. Söz sonraki iş. Çok kıymetli evet ama esas onu görünce... Yahu dost dostu hatırlatır. O adam Allah dostuysa onu gördüğün zaman Allah'ı hatırlarsın yani, bu. "Nasıl olmalı güzel insan, güzel Müslüman?" dediler. Cevaba bakın: "Geldiği yere sürur ve neşe getirir, giderken de hüzün bırakır. Arkasından, 'Ah nerede?' denir, özlenir, aranır."

Allah'tan bunu istemeli, böyle olmayı istemeli, güzel olmayı istemeli güzel kardeşim. Bazılarını görüyorum, adamın cennete gittiği yürüyüşünden belli. Belli ki cennetlik işte, başka bir yere yakışmıyor. E şimdi onun hâline baktığınız zaman çok derin bilgisi olması, ne bileyim her sualinize cevap veriyor olması, ansiklopedi gibi olması gerekmez, geçiniz onları. Adam Meydan Larousse'u ezbere biliyormuş, bana hava atıyor. İki buçuk liralık flash bellekle hallediyorum ben o işi. Ne yani! Ama hâl... Sen bana hâlden haber ver.

| Edindiğin bilgiler sana nasıl bir hâl kazandırdı, bunları bilmek seni ne yaptı, oldun mu?

Evet, evet! Hâl sâridir yani bulaşıcıdır. Elbette kötü hâl hızlı, iyi hâl yavaş bulaşır. İşin tabiatı bu. Doğru, kapılardan sığmaz; yalan, fare deliğinden girer. Model olmak için gayret etmeli. Bakın yaşım elli dokuz; benim böyle hocalık filan yapmam eskidir, on yedi yaşından beri etrafımdakilere, bazen benden yaşça büyük olanlara da hep bir şeyler aktarmak, tattığımı tattırmak isterim. Biri yer biri bakar kıyamet bundan kopar. Ben *Mektûbât-ı Rabbânî*'yi okumuşum, kendimden geçmişim, komşum bu lezzetten neden mahrum olsun? Nokta-i nazar budur. Bana getirisi ne olacak? Bana ne getirisinden filan, mesele o değil, mesele paylaşmak. Allah Allah... Veya ben şimdi otuzlara, kırklara, ellilere gelmişim; tabii ki benim çektiğimi çeken, benim arayışımın bir benzerini yaşayan gençlere yardım etmek, örnek olmak, onları özendirmek isterim. Böylelikle bir kişinin kendini düzeltmeye karar vermesi veya bir kişinin kendi noksanını görüp "ah" deyip içinin sızlaması hâlinin bir başka misali yok. Yani bunun kıymeti paha biçilemez.

İmâm-ı Rabbânî'den (r.a.) bahsettiniz, tam buradan mülhem *Mektûbât-ı Rabbânî*'de geçen ifade -inşallah doğru aktarabilirim: "Hakaik-i imaniyeden bir meselenin inkişafı, binler ezvak ve kerâmattan müreccahtır." Yani bugün bir delikanlının namaza başlamaya karar vermesi, binlerce evliyanın su üstünde yürüyüp havada uçmasından Allah katında daha kıymetlidir. Çünkü biri imana taalluk ediyor... Ötekiyse zevktir, ikram-ı ilahiye nevindendir.

Afiyet olsun, afiyet olsun. Ama bir kişinin bu lezzeti tatmasının, istikamet almasının kıymeti tabii başkadır. Burada belki bir şeye daha işaret etmekte fayda var: Günümüzde hayli rayından çıkmış eğitim adı altında "mış" gibi yaptığımız çok faaliyet var, koca koca binalar yapıyoruz falan, sahasında cahil insanlar yetiştirmeye de çok gayretkeş bir hâldeyiz. Muallim-talebe ilişkisi... Gençlerin sevdiği veya anlayacağı tabirle öğretmen-öğrenci ilişkisi diyelim... Öyle bir ilişki biçimi, öyle bir duygusal yaklaşım biçimi ki bu... Bakın yaşımız itibarıyla artık birçok tecrübeye sahibiz, kimse kimsenin kendinden ileride olmasını istemez, normal olarak yani, niye olsun der. Diyelim ticarette, diyelim siyasette, diyelim bilgide, diyelim ilimde bir başarı söz konusu. "Ben kazansaydım, benim olsaydı," der insan, insanın fıtratı bu. O sayede medeniyet devam ediyor zaten. Ahmaklar olmasa dünya mamur olmazdı. Ama bunun bir istisnası var: Muallim, talebesinin kendisini geçmesinden haz duyar, samimi olarak zevk duyar. Öğrencisi ilerledikçe onun daha da hoşuna gider.

| Bir de baba-evlat diye okumuştum bir yerde hocam.

Baba-evlat arasında da benzer durum var ama muallim-talebe çok daha baskın... Hocayla talebenin ilişkisi acayip bir şey, hiçbir şeye sığmıyor. İlmin lezzetini de kıymetini de oradan anlamalı. Hazreti Ali'ye sordular: "İlim mi kıymetli mal mı?" Onu denemek için art arda on kişi yanına gidip aynı soruyu soruyor. Hz. Ali onuna da farklı gerekçelerle ilmin kıymetli olduğunu anlatıyor. Sonra usanıyorlar, yaptıkları imtihandan da pişman oluyorlar. Hz. Ali ise siz devam etseydiniz ben de devam ederdim, diyor. O on gerekçeden onunu hiçbir zaman hatırımda tutup sayamadım da; bazen altı, bazen yedide kaldım. Mesela:

1. "İlim seni korur, malı sen koruyacaksın."
2. "İlim sahibinin dostu çok olur, mal sahibinin düşmanı."
3. "İlim peygamberlerden miras, mal firavunlardan."
4. "İlim dağıtılmakla artar, mal dağıtılmakla azalır."
5. "İlim durdukça bozulmaz, mal durmakla bozulur, değer kaybeder."

Biri de şu ve çok ilginç:

6. "Mal sahibine de fakir olana da desen ki malın var; sinirlenir, üzülür, bozulur. Eğer zenginse, "Gözü mü var bunun?" diye; fakirse, "Dalga mı geçiyor?" diye

bozulur. Ama muhatap ilim sahibiyse de cahilse de desen ki ilmin var; hoşuna gider. Eğer âlimse kıymeti takdir edilmiştir, cahilse adam yerine konmuştur. Her durumda memnun olur.

İşte bir fark da şurada görülüyor: Talebesinin ilimde kendisini geçmesi muallime haz verir, sevinir. Bilir ki bu öyle kıymetli bir şey ki ondaki senin addediliyor, o kıymet senin sayılıyor. Neticede senin de defterine not düşülüyor. Bundan âlâ ne olabilir?

| **Hangi çiftçi tohum ektiği, suladığı, dibini kazdığı, otlarını temizlediği bir ürünün yetişmesinden zevk almaz? Yani bedbaht, beyhude, deli olmak lazım ki onun kurumasını istesin. Hâl ve kalden (sözden) bahsediyoruz ya hocam, zannediyorum biz siyer-i nebî üzerinde toplum olarak az tefekkür ediyoruz. Bir pencere olsun diye açıyorum bu bahsi... Mesela Efendimiz'le (s.a.v.) Akabe Biatı'nda bulunan Es'ad bin Zürâre ve arkadaşları Taif dönüşü Medine'ye gitti, o zaman Medine değildi tabii Yesrib idi. Orada tebliğ faaliyetlerine başladılar, arkalarından Mus'ab bin Umeyr gitti. O arada insanlar fevç fevç İslam'a girmeye başladı. Şimdi bunu anlayabiliyorum; toprak aynı, maya aynı, aynı dili konuşuyorlar ve insanlar da kabul ediyor; hâl de var kal de var. Ama dediğinizi destekleyecek bir örnek; râşid halifeler zamanında Tarık bin Ziyad Kuzey Afrika'ya gidiyor!**

Dilini bilmediği bir ülkeye.

Dilini bilmediği ülkeye gidiyor. Anadolu'ya geliyorlar. Sasani'ye, İran'a, Mezopotamya'ya, Malezya'ya, Endonezya'ya kadar gidiyorlar. Gittikleri ülkelerin dilinde merhaba demeyi bile bilmiyorlar ama geçtikleri yerlerde Müslüman bırakarak yollarına devam ediyorlar. Aynı dili konuşmadıkları hâlde... Biz aynı dili konuşuyoruz ama evladımızı namaza başlatamıyoruz. Yani hâl gerçek hâl ise kal'e ihtiyaç yok belki de?

Dillerini bilmedikleri hâlde netice alınabildiğine göre, demek ki sözün orada kıymeti yok.

Bu kadar süslü kelimelere de ihtiyaç yok o zaman. Öyleyse şunu sorayım: Bizde hâl olmadığı için mi cümlelerimizi modifiye etmeye çalışıyoruz? Yani biraz da süslü cümlelerin arkasına bir şeyler mi gizliyoruz, ne dersiniz?

Tabii, artistlik yapıyoruz. Aslında hiç hoş bir şey de değil, süslemeye hacet yok. Hani anlatırlar, Bişr-i Hâfî Bağdat Meydanı'nda kamçı yiyen, zina suçu işlediği için sırtına seksen kamçı vurulmasıyla cezalandırılan bir delikanlıyı seyreder. Delikanlı ahalinin içinde kamçıyı yiyor ama sanki helva yiyor, yüzünde hiçbir hoşnutsuzluk, olumsuzluk yok. Yaklaşıp soruyor Bişr-i Hâfî: "Evladım, bu kamçıyı yiyen at bile bağırıyor, sana ne oldu ki, sen nasıl bir eğitimden geçtin ki gıkın bile çıkmıyor?" Sen Abdülhey misin yani? Delikanlı cevap veriyor: "Sevgilim şu kalabalığın içinde beni görüyorken ben eğer feryat edersem, senin yüzünden acı çekiyorum demiş olurum ve onu üzerim. Onu üzmektense ben burada ölürüm." "Evladım, aşkta böyle olur, tamam da...

O kızın seni görmesi bu kadar mühimken, sen bunu bu kadar önemsiyorken, âlemlerin Rabbi seni gördüğü hâlde bu günahı nasıl işledin yavrum?" Çocuk bir iki saniye düşünüp "Allah" diyerek şehit oluyor, düşüyor yere. Şimdi Bişr-i Hâfî'nin sözünde süs yok, tasannu yok, süsleme yok, edebiyat yapmıyor -amiyane tabirle söylüyorum. Ama kalbinden vuruyor. Ne o? E kalpten çıkan kalbe gider, ağızdan çıkan kulaktan döner!

> **Hadis-i şeriflerde de süs yok. Hadis-i şerifler çok sarih, açık, kısa, net. Şöyle süsleyeyim, bunu başa alayım, şık bir kelime kullanayım yok. Efendimiz aleyhisselam çok net ve açık söylemiş. Mesela hutbelerine bakıyoruz, çok kısa. Bazısı bir iki dakikalık. Ama gelin görün ki onun sözleri hâlâ milyarlarca insana referans.**

Diyor ya şairimiz; aşkı, imanı görmek isteyen hac mevsiminde Kâbe-i muazzamaya baksın. Beş milyon insan, bir kara taşın etrafında, deniz dalgaları gibi, dönüyor. Bin dört yüz yıl önce bir yetim öyle dedi diye... Aşk budur işte, aşk budur. Söz yerini buldu, hedefini buldu, çünkü kalbe gidiyor...

3

"Sen bir ruhun olduğunu, yalnızca bedenden ibaret olmadığını anla, ruhumu nasıl beslerim derdine düş, dermanın gelip seni bulacaktır."

Hocam, İmâm-ı Rabbânî bedenin "cevher" olmaksızın varlığını devam ettiremeyeceğini söylüyor. Yani beden ruh için daimî bir mekân değil. Ancak ruhun bedendeki varlığı, bizim de kulluk serüvenimize işaret ediyor. Peki ruhumuzun ne kadar farkındayız? O soylu, meleksi, rahmani özü nasıl ortaya çıkarırız?

Şimdi bu zamanda, günümüzde şöyle bir temel ihtiyacımız var: Biz insanı maddeden ibaret zannetme yanılgısına düşmüş bulunuyoruz. Seküler dediğimiz durum bu işte. İnsanın *hardware* ile *software*'i bir arada; o takdirde insan! Zaten software'i ayrılınca, yani ruh insanı terk edince, bütün insan hakları bildirgeleri filan hükümsüz hâle geliyor. Onlarca yıl yaşadığı evde bir gece daha kalmasına müsaade etmiyorlar adamın, acilen kabristanın yolunu tutuyor. İhmal etseniz belediye devreye giriyor.

Kokmaya başlıyorsunuz...

Kokmaya başlıyorsunuz çünkü. Hani çok kıymetliydi insan? Ruhu ile kıymetli, insan ruh demek çünkü... Ama biz ruhun ihtiyacını konuşmaya, varlığını idrakten sonra başlayabileceğiz. Önce onun varlığını bir hatırlamak lazım. Günümüzde insanın maddesiyle ruhunu ayrı ayrı anlayabilene, varlığını idrak edebilene evliya dense yeridir. Şeyh Galip şöyle diyor:

Gıdâ-yı rûhu ver kim rehber-i mirâc-ı ulvîdir
Hemîşe fikr-i ta'mîr-i beden pâ-der-gil olmakdır

Günümüz Türkçesiyle, "Ruhunu besle, yola o çıkacak; beden boş kapsül, bırakıp gideceksin / Bütün mesaini bedenine harcarsan ayağı çamura çakılıp yürüyemeyen eşek gibi olursun," diyor. Yani insan kendini bedenden ibaret zannedince, böyle telakki edince; onu doyurmak, onu beslemek, onunla ilgilenmek, onu süslemek... Aman aman, bitmez tükenmez bir meşgale ve sonu yok. E bal gibi biliyor ki sonunda toprak olacak, yani boşa çalışıyor. Elbette bunalıma girer, elbette. İşte Şeyh Galip üstadın kırk sekiz mısrasının ilk ikisi: "Ey dil ey dil niye bu rütbede pür-gamsın sen / Gerçi vîrâne isen genc-i mutalsamsın sen." Bakıyorum da yüzünü asmışsın, strese gömülmüşsün. Hayırdır ne oldu sana? Ha, anladım... Kendini bedenden ibaret sandın, o da yerçekimine tabi, devamlı yıpranıyor, elbette üzülürsün. Bilsen ki sen ruhsun, kafaya bile takmazsın demek istiyor. Hazreti Mevlânâ'nın sözünü hatırla: "Bedenin, bindiğin eşek. Dizgin sendeyken ahire gidersin ama işi eşeğe bırakırsan ahıra gidersin."

Ne kadar güzel bir tabir.

Şimdi değerler nasıl oturuyor yerli yerine: Beden eşekse eşeğe karşı nasıl davranılır? Acıktıysa arpasını verirsin, hastalandıysa veteriner çağırırsın, nalı düşerse çaktırırsın, kirlendiyse yıkarsın ama ona gazel de yazmazsın canım, âşık da olmazsın yani. Neticede kullanacağın, faydalanacağın bir unsurdur. Ürkütücü bir kabir var tamam da, boş kapsülü bırakıp gidiyorsun. Uzaya fırlayan bir füze, boşalan yakıt tankını atıp nasıl daha hızlı gidiyor ve cevvaliyet kazanıyorsa sen de beden kaydından kurtuluyorsun.

Bilenler söylediler; insanlar cennette oturup konuşuyorlarmış -dünyadan ayrıntı, hatıra nakletmeyi, sohbet etmeyi severlermiş- fakat dünya hayatında yaşanıp da üzüntü bırakan her şey cennete girerken silindiği için -çünkü cennete üzüntülü girmek yasak- geriye hatırlayacak pek bir şey kalmıyor. Biri demiş ki, mesela Hayati Bekir'e, dünyada tatlı olan bir şey hatırlıyor musun? Yok abi yok, diyor, dünyada tatlı ne var, bir şey yok. Düşün düşün... En son birisinin aklına geliyor: Uyku vardı ya uyku! Hah, diyor, bak o tatlıydı! Tamam, gerçekten yahu, o tatlıydı... Şimdi gelin düşünelim: Seksen yıllık dünya hayatında uykudan başka cennette hatırlayabileceğin bir lezzet yoksa bu ne demektir? Uyku, ölüme benzediği için tatlıdır. Ruh bedenden biraz ayrılıyor ya, o bakımdan... Tamamen ayrılınca gör sen lezzeti... Lezzet, ruhun bedenden tamamen ayrılmasında.

Ölüm güzel şey, budur perde ardından haber,
Hiç güzel olmasaydı ölür müydü peygamber?

Lezzet orada. Ayrılıp kendi mahiyetine dönmesinde... Ruh bedene bulandığı için kafası karıştı, kendini beden zannetti; bedenin acısından acı duyuyor, lezzetinden lezzet alıyor, kimlik bunalımı içinde. Tam bir kimlik bunalımı içinde! Nereden geldiğini hatırlarsa ve başını kaldırırsa krediyi aktive etmiş olur. Evliya olmak için gelmişti, olur. "Ölmeden önce ölünüz" işte tam da o demek.

Peki, az önce bedenin ihtiyaçlarını saydınız ya hocam; yıkayacaksın, yemini vereceksin, ilgileneceksin, süsleyeceksin... Birazcık da ruhun ihtiyaçlarından, ruhun gıdasından bahsedelim. Diyelim ki biz bu satırları, bu sayfaları okuduk. Evet, bizim için bir pencere açıldı. Sadece bedenden ibaret olmadığımızı, gözlerimizin kenarlarındaki kırışıklıkların aslında hiç de umursanacak şeyler olmadığını fark ettik ve ruhumuzu beslemeye azmettik. Bu azimle yola çıktık. Nereden başlayacağız, nereden başlamalıyız?

Kestirme cevap: Ruhun gıdası namaz. Ruhun namaza o kadar ihtiyacı var ki... Bektaşi'ye demişler, "Kırk gün namaz kılsan artık vakit girdikçe için tır tır eder, duramazsın, vallahi hep kılarsın." "Sen de kırk gün bir terk et bakalım bir daha yaklaşabiliyor musun..." demiş. O'nu hatırlamak; işte ilim burada lazım. Ruhun gıdası namaz; anmak, yâd etmek. İnsanın bir tabiatı var: Sevdiğini anar, andığını sever. Namaz da O'nu anmaktır; sistematize edilmiş, şartları belirlenmiş, şekli-zamanı-miktarı ayarlanmış biçimde anmaktır ve anmanın lezzeti hiçbir şeyde yoktur. Âşıklar bunu çok iyi bilirler; isterler ki hep yârdan bahsedilsin, hep o sevgili konuşulsun. Leyla sözünün olmadığı yerde Mecnun kısmı yani âşık sıkılır. O yüzden ister ki herkes Leyla'ya meftun olsun, böylece gittiği her yerde o anılsın... Evladını kaybeden bir anne, evladını kaybetmiş bir anneyi arar derdini dökmek için. Allah dostları da Allah dostlarını arar. Bulunca sürur bulur, neşe bulur; konuşmalarına da gerek yoktur, onunla ferahlar. Namaz bize bu konuda muazzam bir teselli ve ikramdır.

Yani sen bir ruhun olduğunu, yalnızca bedenden ibaret olmadığını anla, ruhumu nasıl beslerim derdine düş, dermanın gelip seni bulacaktır. Öyle mi?

Bulacaktır.

Senin özel bir gayret sarf etmene gerek yok?..

Yok yok… Öyle çok telaşa gerek yok.

Yeter ki bu derdi çek.

Yeter ki bu derdi çek. E insanın bu kadar da bir gayreti, düşüncesi, tefekkürü olmalı, o kadar da olmalı. İnsanız. Yoksa ye, iç, çiftleş, kazan, biriktir, yediklerini tahliye et ve dünyadan ayrıl. E inekten ne farkın kaldı? İnek de bunu yapıyor zaten. Hatta senden daha kaliteli yapıyor. O konuda çok da başarılıdır hayvan, insanı utandırır.

Bizim oralarda bir zehirli mantar vardır. Çok sevilen ve "çıntar" adı verilen tatlı mantara benzer. Şekli benzediği için yanlışlıkla zehirli mantarı yiyip ölenler, ölmeseler de hastaneye düşenler oldu tarih boyunca. Fakat zehirli mantarı tatlı mantar sanıp ısıran bir tek eşek bile olmadı. Onlar bilir. Yani yemede içmede sen hayvanı geçemezsin. Senin üstün olduğun saha o değil. Sen kalp ile, ruhaniyet ile, software'in ile insansın. Zaten oranın farkına vardığın ve orayı bir de beslediğin zaman, çok tatlı bir şey olduğu için sarhoş edici tesirini hemen görürsün. "Neşvedâr" diyor ya, "Neşvedâr-ı hayretiz biz..." İşte bu artarak devam eder. Ruhunu rahatsız eden her şeyden de -günahtan, isyandan- sıkıntı duyar kaçarsın. Pis koku gelmeye başlar, ruh oradan kaçar. Yani şimdiki hâlinde Hayati İnanç lezzetli geldiği hâlde günahtan zorla kaçıyorsa, o hâl geldiğinde, o hâle kavuştuğunda günahın pis kokusundan rahatsız olup peşin peşin kaçar, istemez ki işlesin...

Ne kadar güzel, bir süre sonra senin mücadele etmene de gerek kalmayacak. Yazılım ona göre yüklenecek.

Ona göre yüklenecek.

Madem software dedik sohbetin başından beri, öyle devam edeyim. Cenâb-ı Hak software'i yükleyip seni gönderiyor ve senin de bunu günde beş defa güncellemen gerekiyor ki işlevsel olsun. Doğru ifade ettim mi hocam?

İşlevsel olsun, çok güzel, güncelleme hoş bir tabir... Bu kadarına ihtiyacın var, asgarisi bu, hayatın devamı için bu kadarı elzem. Burada ihmal etmek, ihlal etmek cidden büyük gönül suçu olur. Sevgili seni çaya davet etmiş; gel oturalım, iki dakika sohbet edelim demiş. Sen de lisân-ı hâlinle "adam sen de..." demişsin. Bu büyük bir suçtur, bu gönül suçudur, böyle âşık mı olur? Seven nasıl kırılır... O hâlde o daveti hep kıymetini bilerek icabetle karşılamalı.

4

"Alışkanlık haline getirmeli, bir şey vermeli; selam vermeli, yol vermeli, sadaka vermeli, güler yüz vermeli... Birinin gönlüne bir sürur, bir neşe kondurduğun zaman ondan fazla sen mutlu olacaksın, emin ol."

Şöyle diyorlar hocam; ben bu kadar günah işliyorum, şöyle bir iş yapıyorum, gün boyu günaha batıyorum, Allah'ın karşısına ne yüzle çıkacağım?.. Tabii burada şeytan da boş durmuyor. Kendi kancalarını, silahlarını hazırlayıp bu şekilde oyalıyor. Çünkü Cenâb-ı Allah bildiğim kadarıyla bir kota koymuyor; eğer şu şu işleri yapmıyorsan ya da şu günahları işlememişsen namaza gel demiyor. Cenâb-ı Allah diyor ki şu saatle şu saat arasında, nerede, nasıl, ne hâlde olursan ol geleceksin, benimle buluşacaksın. Sonra zamanla sen bu günahtan, bu eksiklikten, bu nakıslıktan kurtulacaksın. Bunun üzerine de konuşalım mı hocam? Hani diyor ya, ben bu günaha batmışken nasıl namaza gideceğim?

Onun yolunu baştan kesen "lâ taknetû min rahmetillâh"; "Allah'ın rahmetinden ümidi kesmeyin" ayeti var. O, başlı başına bir suç. Yani dediğin gibi tam da şeytanın tuzağı, fena bir tuzak. Tabii tuzak çok, şeytan da dersine iyi çalışıyor, ara vermiyor. Hatta şeytandan daha tehlikeli olan içerideki düşman nefis de onunla teşrikimesai ediyor.

| **Sen hayatında ilk defa şeytanla tanışıyorsun ama onun elinden senin gibi milyarlarca insan geçmiş...**

O tecrübeli. Bir de nefsi anlatırken Yenişehirli Avni merhum şöyle diyor:

"Helâk etmez bir iki darb-ı zikr emmâre-i nefsi
O bir tünd ejdehâdır kim nice cellâddan kalmış"

Nefsi ufak bir iki gayretle, zikir darbesiyle hizaya getiririm zannetme. O, çok cellatlardan kurtulan korkunç bir ejderhadır, diyor. Dikkatimizi en çok çektikleri hususlardan biri de asıl düşmanımızın içimizde, "nefis" adı verilen bir canavar olduğudur. Onun türlü tuzakları, hileleri vardır. Çok insafsızdır. Şeytan köpeğe benzetilmiş; dışarıdan saldırır, kovarsın gider, bir daha gelirse gelir. Nefis öyle değil; kaplan gibi aralıksız saldırır, hiç insafı yoktur. Senden bir şey çalmadan, yani seni küfre ulaştırmadan da dönmez. O hâlde ona karşı en etkili ilaç onu idrak etme, tanıma ve tehlikenin farkında olma keyfiyetidir. Müthiş bir benzetme yapmışlar: Yılan, deliğinden çıkar. Kedi onu beklemektedir ve yılanı boynunun altından kapar. Zavallı yılan boynundan kapıldığında tek çaresi dolanıp kediyi sıkmak, onu mecalsiz bırakmak ve böylelikle ölümden kurtulmaktır. Kedi buna karşı tedbir alır, bir kuyuya kendini gömer. Yılan delikten, yer hizasından bakarken kuyuda olan kediyi göremez. "Bu kedi çok tehlikeli, ölümcül ama şu anda burada yok," der ve buna ikna olursa kuyuya doğru başını uzatır ve çaresizlik içinde kalır, biter. Benzetmedeki hikmet şu: "Nefsi tanıyorum, çok tehlikeli tamam ama şu anda burada değil, şu anda devrede değil," dediğin anda yakalanırsın. O yüzden uyanık olmalı. Bilmeli ki o her an namussuzluk yapabilir. Cenâb-ı Allah kendisine düşman istedi, nefsi yarattı. Düşman olarak onun sayısız hikmeti var... Kendine âşık ruh ve kendine düşman nefis: İkisini bir araya koydu, adı insan oldu. Dünyada bunun için bulunuyorsun. Bu merhalelerden geçerek, bu sürekli imtihanda mesafeler katederek, her vakitte kendini güncelleyerek ereceksin. Erdiğin zaman da değdiğini göreceksin. Yani yâre kavuşuyorsun yahu, şaka mı, dosta kavuşuyorsun...

Her ne denlü o cürmüne hadd u nihâyet yoğ ise
Avniyâ kat' eyleme sen avn-i Rahmân'dan ümîd

Sultan Fâtih'in şiiri... Çok günahın varsa da Avnıciğim, diyor kendisine, Allah'ın rahmetinden ümidini kesme, en büyük kabahat o olur. Çok günahkârsın ama af var, rahmet-i ilâhî var, ümit kesilmedi, ümit kesmek en büyük suç olur. "Lâ taknetû min rahmetillâh", ümidi kesmeyin ayetine atıfla... Bunu söyleyen adam da, laf aramızda, devlet yöneten bir adam yani.

Efendimiz'in methine mazhar olmuş...

Öyle bir adam işte... Ezcümle süreklilik isteyen, asla vazgeçmemeyi icap ettiren, konsantrasyonun gevşemesine izin verilmemesi gereken, hep uyanık olunması iktiza eden bir hayat memat meselesi bu! Ama zevki çok büyük!

Ruhunun farkına varma, onun ihtiyaçları olabileceğini anlama, bedenden ibaret olmadığını idrak etme... Ruhun temel gıdası namaz... Tamam da bir şey daha var; beden almakla, ruh vermekle doyar.

| Ne vermek mesela?

Madde, para...

| İnfak.

İnfak... Bana sıkı sıkı verilen nasihatlerdir: Elini vermeye alıştır, bir gün can vereceksin. Beden almakla doyar, ruh vermekle. Verdiğin senin, aldığın değil! Bu vurgu ilk gençliğimde çok yapıldı, büyük bir imkândı. Neden verdiğin senin? Çünkü o, ruhun kazanç hanesine artı değer olarak kaydedildi. Bedeni bırakıp gidiyorsun ama ruhla yoluna devam ediyorsun. Kendine yatırım yaptın...

Vermenin zevkini alana kadar bu konuda ısrar da etmeli, yani biraz zor olduğu şüphesiz. "Can değil ki mülkü verek," demiş ya rivayete göre Kayserili dostumuz. Elbette acı gelecektir ama ilaç dediğin de acı olur zaten. O acılığı tahammülle karşılayıp yüzünü buruşturmadan, yüzünü ekşitmeden devam edersen zamanla alışkanlık hâline gelir. Kur'an-ı Kerim'de ısrarla, art arda, en çok emredilen salat ve zekâttır. Farz olan ve nafile olan "verme" eylemidir. Buna vurgu yapılması sebepsiz, hikmetsiz değil tabii. İnsanoğlu böyle eğitiliyor, böyle yetişiyor. Bu kadarcık bir imtihan lezzetine, bu kadarcık bir acılığa tahammül etmek lazım.

İnsanlığı kaybetmekten ve çok büyük acılardan kurtulmanın çaresi de bu. Her zaman söylenir, hemen herkes bilir; güler yüz sadakadır. Trafikte yol vermek de sadakadır; adama yol veriyorsun, zaman kazandırıyorsun, bir ferahlık duyuyor. Alışkanlık hâline getirmeli, bir şey vermeli; selam vermeli, yol vermeli, sadaka vermeli, güler yüz vermeli... Birinin gönlüne bir sürur, bir neşe kondurduğun zaman ondan fazla sen mutlu olacaksın, emin ol. Verdiğin şeye senin ihtiyacın daha fazla. Aslında sen kazanıyorsun verince. Ama ilk anda öyle hissedilmiyor işte, imtihan da orasında zaten.

Îsar deniyor herhâlde ona değil mi, kendi zaruri ihtiyacı olduğu hâlde başkaları için fedakârlıkta bulunma?

Îsar. Yani sana lazımken vermek, bu en üst mertebe tabii, çok yüksek. Peygamber seçilmek, Allah tarafından tayin olunmak sebepsiz ve resen ama görünür âlemde sebepler var. Hz. Musa'nın sabrı... Bir koyun ona gün boyu eziyet çektiriyor, koyunu yakalamak istemesine rağmen bulunca hiç öfkelenmeden mülayim davranıyor; yani ahlakı... Resûl-i Zişân Efendimiz bunu anlattığında soruldu: Sizin peygamberlikle şereflenmeniz hangi sebepten? Bu suale Peygamberimiz (s.a.v.), "Îsar sahibiyimdir," buyurdu. Yani açken ekmeğini veriyorsun...

Ayetle sabit malum; Hazreti Ali ve Hz. Fâtıma evlatları hastalıktan kurtulunca şükür için oruç tutmaya karar veriyorlar. Üç gün üst üste, ellerindeki tek yiyeceği iftarda kapılarına gelen fakir, yetim ve esire veriyorlar. Sebeb-i nüzul oluyor ve şu ayet iniyor: "Onlar, kendi canları çekmesine rağmen yemeği yoksula, yetime ve esire yedirirler."* Bunu da not etmeli ve insan az da olsa îsar için bir şey yapmalı. Yarın sorulduğunda, "Ya Resulullah (s.a.v.), sana benzemek için elimden bu kadarı geldi, elbette benimki çapıma münasip olacak ama o sıraya girmek için, o ahlakı bir miktar kendime mal etmek için, sana benzemek için şu kadarını yapabildim," diyebilmeli.

* "Onlar, verdikleri sözü yerine getirirler ve dehşeti her yerde hissedilen bir günden korkarlar. Onlar, kendileri sevip istedikleri hâlde yoksulu, yetimi ve esiri yedirirler. (Ve şöyle derler:) "Biz sizi Allah'ın rızası için doyuruyoruz; sizden ne bir karşılık ne de bir teşekkür bekliyoruz. Biz, öfkeli, çetin bir günde Rabbimizden (azabından) korkarız." (İnsan Suresi, 7-10)

5

“Herkes ölür ama herkes yaşamaz. Yaşamak buna bağlıdır işte: Noksanını görmeye, onu ikmal etmek için çalışmaya, iyilere benzeme gayretine denir yaşamak.”

Sevgilide bulunan sıfatın benzerini başkasında gören onu da sever. Benzemek önemlidir. İyileri de ancak bu şekilde bulabiliriz; önce sevgiliyi tanımalı, bilmeliyiz. Öyleyse biz Efendimiz'e (s.a.v.) yaşayış biçimi, ahlak ve ibadet bağlamında benzediğimiz sürece kurtulacağız.

Tabii. Ona benzediğimiz için Allah bizi sevecek.

Peki, sevindiğinde nasıldı, üzüldüğünde nasıldı, cihat ederken nasıldı, varlıkta nasıldı, yoklukta nasıldı? Bilmediğimiz birine nasıl benzeyebiliriz hocam?

İşte siyer öğrenmek bunun için önemli. Çok atladığımız bir konu bu; hem siyer hem ashâb-ı kiram hazerâtın hayatı... O detayları ne kadar öğrenirse insan o kadar öykünür, imrenir, benzer ve böylece kazanır. Tanımadan benzeyemezsiniz. O yüzden bizde menakıpnameler çok önemli bir kaynak teşkil eder. Bunu hafife alanlar da oluyor ama iyi yapmıyorlar aslında. Yani *case study*, eğitimdeki *örnek olay* meselesidir bu. Görüyorsunuz böyle bir olay olmuş ve bu zat orada şöyle bir tercihte bulunmuş, ki hakikaten zor, ya ben bunu yapamazdım filan diyorsunuz. Bakıyorsunuz, hazrete gemisinin battığı haber veriliyor, hazret kalbine bakıp bir üzüntü olmadığını görünce *elhamdülillah* diyor. Sonra gemisinin selametle geldiği ve milyon dolarlarca kâr elde edildiği bilgisi gelince yine kalbine bakıp bu sefer de sevinç görmeyince *elhamdülillah* diyor. Sonra bunu izah ediyor: "Ben iki haberde de ne malın geldiğine ne de gittiğine baktım. Benim baktığım şey kalbimde sevinç var mı, üzüntü var mı, buydu. Olmadığını gördüm, hamdettim." Dünyayla ilişkisini bu seviyede kuran bir insanın varlığı diğer insanlara örnek olmaz mı, güzel model olmaz mı? Biraz iyiye doğru yaklaşır yani insan... Allah dostlarından biri, "Bizim mahallede bir yangın çıkmıştı," diyor ve devam ediyor, "baktım, yanan ev benimki zannettim, telaş ettim. Olmadığını anlayınca elhamdülillah dedim. Otuz senedir bunun için tövbe ediyorum."

Eee, örnek alabilmek ve benzeyebilmek için biraz da tanımak lazım tabii. Siyer onun için önemli. Ruhu tanıdıktan sonra onu beslemek ve geliştirmek için ne yapılmalı?

1- Namaz: Çünkü ruhun gıdasıdır.

2- Vermek: Çünkü ruhun diğer gıdasıdır. Verdikçe alışkanlık hâline de gelir, yani iyiliğe de alışır insan, biraz zor da olsa alışır. İnsan böyledir; üns, alışkanlık...

Ünsiyet...

Ünsiyet kesbeder, insanın fıtratı o. İşte o yoğun gayret, ısrar, kapıyı çalma semeresiz kalmaz. Neticede kavuşulur. Zaten gündemi bu olan, derdi bu olan, bunu kafaya takan bir insan kavuşacaktır da ondan kafaya takmıştır. Allah vermek istemese istemek vermezdi.

Demek ki Allah'ın sendeki bu dertten bir muradı var...

Muradı var ki o derdi veriyor, sana müjdedir aslında. Yanıp yakılmak, kavuşmanın habercisidir. Ne güzel misal vermişler değil mi: Maddiyatta senden geride olana, maneviyatta senden ileride olana bak. Böylelikle şükrün artar, mutluluğun artar, gerçekten yaşamaya başlarsın. Herkes ölür ama herkes yaşamaz. Yaşamak buna bağlıdır işte: Noksanını görmeye, onu ikmal etmek için çalışmaya, iyilere benzeme gayretine denir yaşamak. Bu da vermekle olur, başkalarını düşünebilmekle olur, diğergâm olmakla olur. Kimsenin derdiyle dertlenmiyorsan insan sayılmazsın, diyor şair.

Hocam burada medyanın, izlediğimiz ve okuduğumuz şeylerin de önemi söz konusu. Bir televizyon kanalı yapıyordu böyle enteresan filmler. Fantastik hadiseler geliyordu insanların başına. Mesela adam cebindeki son parayı yoldaki bir fakire veriyor, sonra balık tutmaya gittiğinde balığın karnından tam altın çıkıyor. Şimdi, bu İslam değil. Yani İslam bir dünya saadeti vadetmez. Sen çok iyi, çok hayırsever bir Müslüman olabilirsin ama hayatının

sonuna kadar tabiri caizse çile çekebilir, sürünebilirsin de. Eğer bu dünya iyi insanlara, iyi olanlara, iyi ruhlara, iyi gönüllülere mutluluk veren bir yer olsaydı, yaratılmışlar içinde mutluluğu en çok hak eden Efendimiz'di (s.a.v.). Hâlbuki en çok acı çeken oydu. Ona bunu yapan dünya bize ne yapmaz, değil mi? Bu algıyı doğru oturtmak lazım.

Peşin, dünyevi bir karşılık bekliyor olmak işi saptırmak oluyor.

Sizin bir bahsiniz vardı buna dair, üç şey olmazsa kendinden şüphelen; zillet, kıllet, illet... Onu hatırlamanın tam yeri sanki.

Hastalık, fakirlik ve itibarsızlık. Kırk gün geçti üçü de uğramadı. Keyfin yerinde, hasta değilsin, fakirlik yok, sana hep selam veriliyor, saygı duyuluyor ve kırk gün bu hâl devam etti. Sen o zaman kork! Çünkü gözden çıkarılana böyle yapılır. Allah göstermesin! Yani insanın eksiği olur. "Derd ü belâ kemend-i mahbûbdur," der eskiler. Dert ve bela, sevilenleri çekmek için atılan kementtir. Gül habercisinin diken olduğunu unutmamak lazım. Cenâb-ı Hak gül bahşedeceği zaman diken şöyle bir yoklar. İmtihandır; o anda ne yapacaksın, nasıl davranacaksın? Bir imtihandan geçersin. Şair Fuzûlî şöyle der:

Belâ zımnında râhat olduğun izhâr ider halka
Felek bî-hûde hâr-ı huşkden gül-berg-i ter vermez

Belanın, sana gönderilen nimetin ambalajı olduğunu şuradan anlamalısın: Hiç de gözüne hoş gelmeyen, kesip yakmak lazım bunu diye ters ters baktığın çalı -kasım ayında öyle görürsün çünkü- sabredersen mayısta güller verir. Ve anlarsın ki gözüne batan o dikenler aslında gülün habercisiymiş. Bela böyle bir şeydir: Nimetin habercisidir. Sabret, bekle, acele etme. Bu dünya iyilerle kötülerin, acılarla tatlıların karıştığı bir yer, varlık sebebi öyle. Yani onun için aceleci, peşinci olmamak lazım. Biraz sabırlı olmak lazım. Belanın sayısız faydalarından biri bu ise biri de hak ettiğimiz ahiret cezasının dünyada hafifletilmiş olarak infazıdır ki öyle kazançlı öyle büyük bir iştir.

| Şükre vesile belki...

Şükre vesile, tabii. "Halıyı döven adamı görünce, adam halıya kızmış zannetme," diyor Hazreti Mevlânâ, "tozunu silkeliyor, cennete serilecek..." Ama o halıyı sen temizlersen, tövbe deterjanıyla, sopaya gerek kalmaz. Bela onun için gelmişti, gider. İhtiyaç kalmaz. Yani bela bir hatırlatıcıdır; gözünün yaşarmasına, Allah ile arayı düzeltmene, dostluğu tazelemene bir vesiledir. Özür dileme, istiğfar, tövbe; bunlar Allah ile dostluğu tazelemedir.

O kadar güzel bir şeydir ki tövbe, bunu Hazreti Peygamber (s.a.v.) şöyle anlatıyor: Bütün yiyeceğini, bütün ihtiyacını yüklediği devesinin çölde kaybolduğunu gören bir adam, bir müddet uyuyup tamamen ümidi kestikten ve susuzluktan dudakları parça parça olduktan sonra, artık ölümü beklediği sırada devesini birden bulursa nasıl sevinir? İşte kul tövbe edince Allah o adamdan fazla sevinir. Yahu Allah senin tövbene seviniyor ya, sen gel artık bunu anla ya... Sana nasıl bir aşkı var, nasıl seviliyorsun bir anla... Seviliyorsun, sevildiğini bil, yanlış yapma. O'nun bir şeyi eksilmez, olan sana olur. Allah sen dostluğunu tazeledin diye sevinir.

Ya tövbemizi bozarsak hocam?

Tekrar tövbe... Ölene kadar o fırsat bitmez. Fırsat ancak son nefesi verdinse biter, ondan önce kaç kere bozarsan boz, boz demiyorum ama bozduysan...

Ama en azından bu dertle yaşa.

Bu dertle yaşa, tabii, dostu gücendirdin. Yahu bir evlat babasını gücendirse, sonra affedildiğini bilmeyi ne kadar ister, değil mi ya? Geçen Diyanet TV'deki programımızda Ömer Demirbağ Hocam anlattı. "Biraz haylazdım. Harput, Elâzığ şartları... Dedem uzaktan sert bakarsa, bana 'gel' demezse, kaşını çatarsa anlardım ki bana kızmış. Bir iki saat sonra bir şey olurdu, 'neyse' derdi, gider dizine otururdum. İşte o 'neyse' affedildim demekti." Allah'ın kuluna böyle bir muamelesidir işte tövbe. Kabahatin var tamam ama "neyse..." Bizden istenen bu; kulluk; aczi itiraf, aczi ikrar, acizliğini anlama keyfiyeti. Gerek ibadetle, gerek günahla ve sonrasındaki tövbeyle.

Bu farkındalığa erişmek, hatalı olduğumuzun, eksik olduğumuzun farkına varmak ve her yaptığımız hatada dönüp Cenâb-ı Allah'tan af ve mağfiret dilemek...

Evet; ben cahillik ettim, ben âcizim, sen Allah'sın, sen kadir-i mutlaksın, beni affet! Kadir Gecesi'nde duayı nasıl edeyim diye soran Hz. Ayşe'ye cevabında şöyle diyor Peygamberimiz aleyhisselam: "Ya Rabbi, sen affedicisin, affetmeyi seversin, beni affet." Yani affetmeyi sevdiğine göre ey Allah'ım, affedilecek biri lazım...

| İşte o benim, buradayım.

İşte o benim, beni affet. Bu kadar basit. Dedin ya; gayet basit, gayet yalın, süslenmemiş cümlelerle: "Allahümme inneke afüvvün kerîmün tuhibbül afve fa'fü anni." Her daim o hâl içinde olmak; günah da işlese, hatası da olsa...

| O zaman burayı şöyle toparlayalım mı hocam... Bedenden ibaret değiliz, bir de ruhumuz var. Sadece hardware değil bir de software var. Bu ruhu beslemek için ne yapmalıyız? Önce namaz kılacağız. Namazdan evvel belki tövbe edeceğiz. Samimi tövbe edeceğiz, bir daha düşersek bir daha... Vaktiyle arif bir büyüğüm şöyle demişti: "Şeytanın kancaları güçlüdür, şeytan senden zekidir, onun vartalarına düşmeden sen görevine bakacaksın. Affedildim mi, affedilmedim mi, bu senin derdin değil. Bırak, Allah seni affeder. Sen kulluk performansını yerine getir." Dolayısıyla ezcümle şunu mu diyelim: Bu muhabbeti bu sayfaya kadar okuyan kardeşlerimiz eğer bir başlangıç yapacaklarsa önce samimi tövbe etsinler, sonra namaza başlasınlar.

Evet, acilen, hassasiyetle, özenerek... Sonra da vermek; infak...

| Daha sonrası kendinden geliyor. Allah bir yol açar değil mi hocam?

Bir yol açar evelallah.

Ben arıyorum bulamıyorum da, kafamız karışıyor da, kimin ne olduğu belli değil de, hangi eseri okumam gerektiğinden emin değilim de...

Yok, yok... Telaşa mahal yok.

Allah hiç kimseyi zayi edecek değildir. Emin Işık merhuma sormuştum bir yayın arasında: "Siz onlarca profesör yetiştirdiniz, o kadar kitap okudunuz... Topluma, sokağa, caddeye, metrobüstekilere, bizlere baktığınızda sizce biz kurtulur muyuz?" O da şöyle demişti ve çok hoşuma gitmişti: "Rahmeti, merhameti sonsuz olan Allah bu kadar insanı yakmak için yaratmış olamaz..." Yakmak için yaratmış olamaz ama bizden bir gayret bekliyor, minik de olsa bir performans bekliyor. Tabiri caizse affetmek için bahaneler yaratıyor, yakmak ve cezalandırmak için değil. Peki, bu mevzuyu kapatalım, birazcık aşktan bahsedelim.

6

"Bir üst değere, bir üst kıymete kendini ram etme, feda etme, vakfetme, hayatını adama hâlinin adıdır aşk. Sonsuza kanat açmaktır. Bir fotoğraf, bir anlık görüntü değil; bir filmdir. Bitmeyen, ebediyete doğru giden bir süreçtir; pişiren, olgunlaştıran, yetiştiren, insana insanlığını kazandıran, hayatını anlamlandıran bir disiplin, bir ateştir."

Hocam meseleleri doğru tahlil edebilmek için öncelikle doğru kelimeleri kullanmamız gerektiğini biliyoruz ve siz de buna her vesile ile değiniyorsunuz. Şimdi liselisinden üniversitelisine, üniversitelisinden evlisine; aşktan, sevgiden, muhabbetten bahsediyorlar... O kadar fazla kavram var ki önce bunları yerli yerine yerleştirmek, tuğlaları sağlam koymak gerek. Bize, doğru kelimelerle neyin ne olduğunu anlatıp aşk nedir, muhabbet nedir, sevgi nedir, gerçek aşktan anlamamız gereken nedir; bunlardan bahsedebilir misiniz?

"Nefsin arzularına 'aşk' adını vermek, altın taç giydirilmiş kel, kör bir başa benzer," denilmiş. Biz orada bir anlam kaymasına uğradık. Aşk deyince zihin dünyamıza hemen cinsel bir alaka, bir yakınlaşma filan geliyor; çok eksik, çok yanlış bir anlama biçimi. Bir üst değere, bir üst kıymete kendini ram etme, feda etme, vakfetme, hayatını adama hâlinin adıdır aşk. Sonsuza kanat açmaktır. Bir fotoğraf, bir anlık görüntü değil; bir filmdir. Bitmeyen, ebediyete doğru giden bir süreçtir; pişiren, olgunlaştıran, yetiştiren, insana insanlığını kazandıran, hayatını anlamlandıran bir disiplin, bir ateştir. İnsanoğlu soğana benzer; soğan nasıl ki acıyken ateşte tatlılaşır, insan da aşkla pişerse tatlanır. Yoksa acı, epey acı bir şeydir insan. Aşk, insanı pişiren bir hadise. Görünüşte zayıflatır, sarartır, inceltir, kaybettirir ama haddizatında insanın hayatı o kadar anlam bulmaktadır ki onsuz her şey boşluğa düşer, anlamsızlaşır; mahvolduğunu, kahrolduğunu hisseder insan. Aşkın muhatabı önemli yani.

Bugünlerde aşk var mı diye bazı sorularla karşılaşıyorum. Bir örnek vermiştim, gençler kolay anlasın diye: Adam İstanbul'da, Pendik'te bir yerde oturuyor. Tuttuğu takım Avrupa Yakası'nda, epey uzakta. İki saatten uzun süren bir yolculukla, kış gününde, binbir meşakkatle stadyuma intikal ediyor dar gelirli bu taraftar dostum. İki saat bekleyip tir tir titreyerek bir bilet tedarik ediyor. Normal yolla bulamazsa karaborsadan... Stadyumdaki en az iki saat süren feryat, figan ve titreyişten sonra bir o kadar daha meşakkatle evine dönüyor. Doksan dakika zarfında olup biten her şeyi altı gün boyunca karşılaştığı herkesle anbean mütalaa ediyor, değerlendiriyor. Her gün kırk, elli, altmış sayfalık bir spor gazetesi okuyarak bilgilerini taze tutuyor. Öbür hafta çoluğu çocuğu unutup deplasmanda oynayacak takımının peşinden başka şehre gidiyor, meşakkate katlanıyor. Bir iki hafta değil, beş on yıl değil, ömür boyu. Böyle bir tutkunun zebunu oluyor. Aşk bu değilse nedir? Düpedüz aşk işte! Fakat aşkın neye yöneldiğini sorgulamak, merak etmek lazım. Çünkü insan, sevdiğinden kıymet alır.

Bir insanın değerini belirleyen şey neyi sevdiği, neye tutkun olduğu, neye âşık olduğudur. Böyle tarif ettiğim, biraz da karikatürize ettiğim biçimdeki aşkın zebunu değilse insan, biraz dikkatle bakılırsa nefsine âşıktır, kendi arzularının takipçisidir. Hem de insafsızca... Nefsi ne isterse onu verir, veremediği zaman mutsuz olur. Nefsinden ayrı olmadığından bu aşkı hissetmesine fırsat olmaz. Tâbi olarak yaşar ve nefsini razı etmek, onu hoşnut etmek gibi bir niyet tutmasına da ihtiyaç yoktur; zaten bu peşin bir niyettir. İşte Allah'a kavuşan, nefsini ezip hizaya sokan, Allah'a dost olanın da O'nun rızasını kazanmak için ayrıca niyet etmesine hacet yoktur. Nefsi için niyet etmeden çalıştığı günlerde olduğu gibi... Her işi Allah için aynı iştiyakla yapar ve böylece insan "olur."

| **Neye âşıksan osun diyebilir miyiz?**

Neye âşıksan osun! Yani ben onu ihtiyatlı söyleyip değerin o kadardır, değerini oradan alırsın dedim, çok tehlikeli bir yere varmaması için...

| **Eyvallah.**

İzahı zor. Kelleler gitti o hususta biliyorsunuz.

| Tabii, tabii. Hallâc-ı Mansûr…

Hallâc-ı Mansûr'u çektiler dâra. O kadar cesaretin yoksa oralarda fazla gezme…

| Hiç yok, hemen döndüm geri!

Canı peşin isterler. Ne demişti Neyzen Tevfik: "Canına kıymazsan seyahat etme..." Çok enteresan bir şiiri vardır onun.

Hicran destanını kendinden oku,
Mecnun'dan duyup da rivayet etme.
Aşkın Leyla'sını gördünse söyle.
Söz temsili bulup hikâyet etme.

Yüz bin Leyla doğar âlemde her gün,
Senin aradığın zevk, sefa, düğün.
Tutacağın işi önceden düşün;
Daha ilk adımda nedamet etme.

Sevdanın oduna pek güvenilmez,
Tutuşursan eğer kolay sönülmez.
Bu yolun hükmüdür geri dönülmez,
Canına kıymazsan seyahat etme.

İyi bak kabına, olmasın delik,
Boşuna taşırsın, gider gündelik.
Ânında olmalı, ettiğin iyilik,
Âlem duysun diye inayet etme.

Kâbe'den maksadın varmaktır yâra,
Kör gibi tapınma, kara duvara,
Hızır'ı ararsan kendinde ara,
Bulamadım gibi rezalet etme.

Muhabbet herkesin aklını çelmez,
Gönül viranesi kolay düzelmez.
Âlemden çekinme bir zarar gelmez,
Sen kendi kendine hıyanet etme.

Şen şatır gönlüne hicran dolmasın,
Gençliğin gülşeni gamla solmasın.
Neyzen gibi aklın yârda olmasın,
Özründen çok büyük kabahat etme.

Neyzen Tevfik bu şiire bir de şu ismi koymuş: "Anladın mı?" Anladın mı, demiş. İnsan âşık olma istidadında, burası çok önemli, böyle bir kabiliyeti var yani.

İnsan âşık olur...

Olur, herkes, istisnasız.

Mayada bu var...

Evet. Şimdi madem böyle bir kabiliyet var, bu kabiliyeti doğru yönlendirme, terbiye etme, ıslah etmedir mesele. Nefsine âşık olur, paraya âşık olur, kadına âşık olur, makama âşık olur, dünyaya âşık olur... En sık olanları bu sırayla sayıyoruz. Olur da olur... Gençliğinde şehvetin, yaşlılığında şöhretin esiri olur. Ama işte insan olmak, aşkı hakiki sahibine tevcih etme kabiliyetinin adıdır. Her şeyin sahibi olandır sevilmeye layık olan. Aşka layık olan O'dur. İşte bu yola girmek, O'nu tanımaya çalışmak, hakiki sevgiye ulaşmak...

Değil mi ki bütün yaratılmışları, bütün mevcudatı muhabbet ve sevgi adına ve bunların hürmetine yarattı. O hâlde merkezde sevgi var, her şey sevgiyle başlıyor ve bitiyor. O terbiyeye kavuşmak, şu meşhur kaziyeyi hiç unutmamak gerek: "Muhabbetten Muhammed oldu hasıl, Muhammed'siz muhabbetten ne hasıl?" O, sevgiden hasıl oldu. Onun olmadığı yerde sevginin sureti vardır, benzeri vardır, sahtesi vardır ama hakikati yoktur. O Habîbullah, onun sıfatı bu; Allah'ın sevgilisi. Onun hakkında yazılanlar biliyorsunuz kütüphaneler dolusudur, bitmez tükenmez. Bütün peygamberler Allah'a âşık, Allah ona âşık. O sevgi peygamberinin takipçisisin, onun peşindesin. Bu mukaddes, bu tatlı, bu paha biçilemez sevgiyi kazanmak için arzulu olmak, talepkâr olmak, sabırla beklemek ve gereğini yapmak lazım. İşte buraya kadar konuştuğumuz şeyler onun hizmetkârlarıdır, maksat kavuşmaktır. "Kâbe'den maksadın varmaktır yâra, kör gibi tapınma kara duvara..."

Söylediklerinizin dışında bir kadına, karşı cinse, yani tâife-i latife aşk beslemek kötü bir şey midir?

Hayır hayır, hiç de değil.

Çünkü bakıyoruz Efendimiz aleyhisselam ezvâc-ı tâhiratına âşıktı. Hatice annemize âşıktı ama aşkın membaını ıskalamadan âşıktı. Bunu nasıl formüle edelim hocam?

Bizim için çizilmiş sınırların dışına taşmamak... İşte din o demek; kırmızı çizgi, mayın tarlası meselesi! Yani mayın tarlasına girmemek kaydıyla... Haram olana, yasak olana, mayın tarlasının içinde olana döndüyse aşk, olur ya ona âşık oldun, işte o aşkı kinetize etmeyip içinde tutmak şehit olmaya sebeptir. O dertle ölen şehit olur, bu çok büyük bir mertebedir malum.

Aşkından öleceksin ama harama tevessül etmeyeceksin...

Derler ki aşkta kavuşmak yoktur, kavuşursan çoluk çocuk olur. Çok konuşulan bir şeydir. O mecazi aşk, hakiki aşka merdiven; bir alt basamak. Çoğu kere öyle olmuştur. Yani Leyla diye diye Mevla'yı bulan Mecnun gibi... Yüzyıllardır medeniyetimizin sembol şahsiyeti Kays'ın hikâyesi bize bir derstir. Ve şair bize bu noktada, herhâlde hatırımızda kalsın diye, şunu söyler:

Kays'ı gör Mecnûn iken âlemde şöhret-gîrdir
Hiç seni bir kimse yâd eyler mi âkıldır deyû

Şöyle diyor: Kays'a bak, Mecnun oldu da, yani aklı örtüldü de aşkının gücüyle aklını aştı, aklın bir üst platformuna çıktı, kendisine deli denilecek noktaya geldi, o sayede âleme şöhreti yayıldı. E sen de akıllısın, bakalım yarın seni anan olacak mı? O yüzden de âşığı yıldıramıyorlar. Akıllıları anmazlar, âşıkları anarlar diyor. İşte aşk uğruna verebilmeyi, feda edebilmeyi, kahramanca savaşabilmeyi remz ediyor. İnsan bunu bazen etrafında, dinî hayatı yaşarken görür; engeller çıkar, bir şeyleri feda etmesi icap eder, biraz kınanmayı göze alması gerekir. Desinler demesinler endişesinden sıyrılması gerekir. Deli diyeceklerdir bunu bilir, ama işte ona rağmen ısrar eder, doğru yoldan ayrılmaz, çizgiden sapmaz ve kemal bulur. Aşk bir ateştir; odun yanar kül olur, adam yanar kul olur. Bu ateş insanı âdem yapan, insanı hakiki insan yapan, insanı kâmil yapan bir süreçtir. Bu "ateş" kelimesini mısraları süslemek için kullandığım zannedilebilir, diyor Şeyh Galip merhum; yani kafiye tutsun diye, vezin tutsun diye, biraz mısralara tatlılık, halavet gelsin diye:

Sanırlar bî-gümân kim eşk-i hûnin nazm-ı rengîndir
Bir âteş pâredir geh dîde geh dilden zuhûr eyler

Sandıkları gibi değil; o bir ateş parçasıdır, gerçek bir ateştir; bazen gönülden bazen gözden zuhur eder, görünür. Hakikaten de kalbin yanması ve gözlerden yaş gelmesi, ağlamak biçiminde tezahür eder, görünür.

Yani biz hissettiğimiz şeyin gerçek aşk mı yoksa illüzyon mu olduğunu anlayabiliriz.

Evelallah anlarız, herkes anlar. Orada yanılma olmaz Allah'ın izniyle. Ayrılık veya aşk ile ağlayanın gözyaşları ateş gibidir, sıcaktır. Soğandan da yaşarır göz ama soğuk dökülür, esneyince de yaşarır göz ama soğuk dökülür. İşte buna bakıyor şair, müthiş bir güç yahu Şeyh Galip…

Nezzâre-i germ ettikçe ey çeşm
Âteşle âbı yek-sân edersin

Ey gözlerim -kızarmış, yanmış, sıcak sıcak, ateş gibi, taze gözyaşı dökmüş göz- sen böyle baktıkça ateşle suyu birleştirirsin, aynileştirirsin. O ateş o suyu buharlaştırıp yok etmez, o su da o ateşi söndürmez. Hâlbuki suyla ateş birbirinin zıddıdır. Birinin olduğu yerde öbürünün olmaması lazım. Ama aşk öyle bir şeydir ki ikisini bir arada tutar.

Hangi ateşle hangi su? Kalbin ateşi, gözün yaşı. Ayrılık acısı çekmek, özlemek, hasret çekmek ve ağlamak bu işin şartı.

| **Şimdi gençler şöyle diyebilir; biz âşık değilmişiz, bizimkine aşk demiyorlar... Oysa ben de dinlediğim şarkıda onu anıyorum, ben de gökyüzüne bakınca, güzel bir manzarayı izleyince keşke o da yanımda olsa diyorum, ben de uyumadan önce onu düşünüyorum... Ama nasıl oluyor da benimki aşk olmuyor?**

Soru hepten temelsiz değil de mertebeler var tabii; üç kademe var burada:

1- muhabbet

2- aşk

3- dert

Muhabbet en alt mertebedir; muhabbet ehli mahbubuyla bulunmaktan zevk alır ama yokken kaydında değildir, rahattır. Görünce, a seni özlemişim der, sarılır, tamam doğrudur, bir sevgi derecesidir, onun adı muhabbettir ve yabana atılmamalıdır. Ama bir üstü vardır ki o da aşk ehlidir; mahbubunu görünce memnun, görmezse mahzun olur. Daha da üstü görse de mahzun görmese de mahzun olmaktır, bu da dert ehli için geçerlidir.

| **Görünce niye mahzun oluyor hocam?**

Yanındayken daha çok ağlar âşık kısmı. Kalbinde miyim, bu hâl ne kadar devam edecek, kabul edildim mi? En çok yanındayken özler biliyor musun?

| **Nasıl hocam, ben anlayamıyorum.**

Ben de anlayamıyorum. Anlamak diye bir şey yok zaten. Yanındayken yanar tutuşur, ayrılınca daha çok yanar.

Bak, şöyle bir şey var. Ahmet Cevdet Paşa merhumun şair olduğu pek bilinmez. Muazzam bir hukukçu, yüksek seviyede başarılı bir bürokrat olması hasebiyle onun o heybetli şahsiyetinin arkasındaki şair kimliği hep ihmal edilir. Fakat aslında çok enteresan bir şair.

Meğer sermâye-i şâdî imiş kûy-i dilârâda
Sirişkim nakdini hâk ile mağşûş etdiğim demler

Ağlardım, onun muhitinde onun sokağındaydım. Oraya doğru bakar, onu göremedikçe ağlardım. Özleyip ağlardım. Fakat ne büyük saadetmiş, şimdi gurbetteyim, gene orada olsam da ağlasam... Yani buna benzer bir şey yaşadığım için söylüyorum; bakarsınız çıkmaz pencereye, çıkmaz dışarıya, ağlarsınız, özlersiniz ve bunu dert zannedersiniz. Meğer onu yakınımda görememenin ıstırabıyla ağladığım günler ne büyük mutlulukmuş; şimdi o sokaktan da uzağım, eve de bakamıyorum; keşke orada olsam da yine ağlasam, diyor. İnsan ancak aşkla insan oluyor, başka türlüsü yok. Bakarsın; görememekle kemal bulursun, görmekle kemal bulursun, görünce de korkarsın. Fuzûlî *Su Kasidesi*'nde ne diyor:

Vehm ilen söyler dil-i mecrûh peykânın sözün
İhtiyât ilen içer her kimde olsa yâre su

Benim dünyadaki tek arzum senin bir bakışına kavuşmak ama seni anarken bile kalbim titriyor. Çünkü o kadar ağır bir şey ki, en çok özlediğim sensin ama sana aniden kavuşursam kalbim durur, yaşayamam. Kılıç yarası almış olan birinin, su diye inlerken, kana kana su içtiği takdirde sudan öleceği gibi...

Aşk öyle bir şey azizim. Hakkında konuşulması caiz olmayan bir şeyi konuşuyoruz ama elde değil; bakışı ayrı yakar, bakmaması ayrı yakar. Uzaktayken yanarsın, yakındayken yanarsın, hep yanarsın, iyi ki de yanarsın. İnsanoğlu yanmasa zaten çekilir şey değil; çok acı, çok berbat bir şey. Ve bu çirkinliğinle, bu zaafınla, bu çekilmezliğinle Allah seni nasıl seviyor, farkında mısın? Sana nasıl bir aşk teveccüh etmiş, farkında mısın? Bunu anladığı an insan çıldırır yani!

Muhatap alıyor.

Muhatap alıyor ya, bunu bil işte. "Hoşça bak zâtına kim zübde-i âlemsin sen" diyor. Niye? O kadar kıymetlisin. Bunu idrak etmek kendisinin aşka tutulmasıyla mümkün hâle geliyor, aşk onun için kıymetli. Yoksa teorik kalır. Benim bir dostum var; çok derin ilme sahip, ona karşı derin bir saygı besliyorum, gördüğümde müsaade etmiyor ki elini öpeyim... Hakikaten hürmetim var, yaşça da bizden epey ileri. Fakat biraz serinkanlı, hadîdülmizaç, sert; sanırım ağlamıyor pek. Bir gün bana yekten sordu: "Ya Allah aşkına, benim neyim eksik Hayati?" "Ağlamıyorsun abi," dedim, "Vallahi doğru," dedi. "Abi, sen ağlayabilmek için ağla," dedim.

Niye ağlayamıyorum diye ağla...

Niye ağlayamıyorum diye ağla, Allah seni ağlatsın, yani bunu iste. İşte o hâl, gözden ateş gibi dökülen gözyaşı...

Enteresan bir şey bu. Keçecizade İzzet Molla bir beytinde diyor ki:

Şerâr-ı âhı dâne eşk-i çeşmi âb kılmışlar
O sayyâdân ki murg-i kâmı nahcîr eylemişlerdir.

Kâm kuşunu, mutluluk kuşunu avlayan avcılar var ya -kafes avına işaret ediyor, kafes avı çok enteresan bir av biçimidir, kalleşçe bir şeydir aslında, mert avcılar sevmezler o işi; kafesin üstünü açık tutuyorsun, içine yem koyuyorsun, su koyuyorsun, zavallı kuş çaresizlikten geliyor, kafesi kapatıyorsun, içeride kalıyor- kafese yem olarak gönül ateşinin kıvılcımlarını, su olarak da gözyaşını koyarlar, diyor. Orada hapsediyor ve seni avlıyor, yolu bu. Şeyh Galip merhum da öyle söylüyor:

Yâkût-ı şirizküz yerimiz dîde vü dildir
Âteşle sudan hâsıl olur bir güheriz biz

Siz de biliyorsunuz, çok kıymetli bir yakutuz amma, ham maddemiz iki şeydir: gönül ateşi ve gözyaşı. Suyla ateşin bileşimiyiz biz... Velhasıl yanan bir kalp, ağlayan bir çift göz bütün hayatın sermayesidir. Bu bapta Yenişehirli Avni merhumun beytinin de sanki yeri gelmiştir:

İki çeşm-i sirişk-efşân ile bir kalb-i vîrân al
Tükenmez hasra gelmez dâ'imi îrâd lâzımsa

Ömür sermayen elinde, bir avuç buğday gibi... Ben bunu nasıl değerlendireyim, nereye yatırım yapayım, riskli diye düşünüyorsun. Sana öyle bir yatırım yolu söyleyeyim ki, kıyamete kadar kârın eksilmez, kıyametler kopsa zararın olmaz: Ağlayan bir çift göz ve yanan bir kalp al. Her şeyini ver ama bu ikisini al!

7

"Aşkın anayasası..."

Peki beşerî aşktan bahsederken, biz bir hanımefendinin gözlerine âşık oluruz, saçlarına âşık oluruz, bir veri vardır, onu gözlemleriz, onu severiz; ama sesini, ama yürüyüşünü, ama edebini, ama ahlakını... Şimdi diyorsunuz ki bunu doğru kanalize etmek, doğru tevcih etmek lazım, değil mi? Doğru yere yani Cenâb-ı Allah'a. Karşı cinse âşık olurken saçına, gözüne, kaşına, sesine bakan insan Rabbine âşık olmak istese neye bakmalı?

Birazcık, hafifçe idrak ettiğimi hissettiğim tek noktayı söyleyeyim. Hukuk mesleğini icra ederken insanların birbirleri hakkında yürüttükleri zanların, dedikoduların, düşmanlıkların, dostlukların, bu tür ilişkilerin içinde olmakla şunu gördüm: Komşu kusurlarımı bilmiyor, haberi yok ama konuşuyor, âleme faş ediyor, bunu yerine göre sadece tahmin yürüterek yapıyor. Allah ise her kusurumu biliyor ve örtüyor. Başka sebep olmasa bu yeter! Âşık olmaya bu yeter. Bütün kusurlarını biliyor ve ifşa etmiyor. Sır tutabilmek ne demektir bilir misiniz azizim, işte Allah'ın ahlakı ile ahlaklanan birini tanıyınca anlıyorsunuz bunu.

Settar.

Settar. Sırrını emanet ediyorsun, sonra belki sen dayanamıyorsun, gevşek ağızlı davranıp ifşa ediyorsun; onda otuz sene, kırk sene kalıyor, saklıyor ve senin gibi onlarcasının, yüzlercesinin sırrını taşıyıp bununla kabre gidiyor. Böyle bir yiğit. O ahlak ona nereden geldi? Allah'ın ona bahşettiği küçücük bir şey bu...

Esma'nın tecellisi...

İşte sen böylece o isimlerin sahibinin ahlakı hakkında birazcık idrak sahibi oluyorsun, Allah bu kadar ayıbımı bildiği hâlde örtüyor, yani utandırmıyor diyorsun. Bu yeter. Kaldı ki bu sahada söylenecek söz elbette çoktur ama insan idrak ettiği, hissettiği, birazcık farkında olduğu kadarını söyleyebiliyor. Bu tamamen bir idrak, bir yaşama meselesi. İdraki kemal noktasına gelince insan konuşamıyor zaten. Bundan sonra ağzını bıçak açmıyor. Kuddise sırruh diyorlar o zaman, sırrı mübarek olsun, tamam yani artık konuşmaz.

Kaldı ki kaşına, gözüne, saçına sevdalandığın insanla yaşadığın en ufak bir anlaşmazlıkta tartışırken; sen de böyle yapmıştın, şöyle demiştin, o zaman ben sesimi çıkarmamıştım vs. diyorsun. Ama gerçek aşka

layık olan senin sırrını saklıyor, örtüyor. Hem yüzüne vurmuyor hem de yaptığın hatadan dolayı tövbe edip nedamet duyduğun zaman devesini bulmuş çöldeki o bedevi kadar seviniyor. Yeter ki bir adım gel bana diyor, değil mi hocam?

Sen bir adım gel, ben sana on adım geleyim… Allah sevmeyi seviyor, sevilmeyi seviyor, övünmeyi seviyor. Şimdi enteresan bir nokta; Rabbimiz övünmeyi seviyor, övülmeyi de seviyor. Ama biri büyüklenmeye, tekebbüre kalkışırsa da yakarım diyor. Bu bana mahsus diyor.

| **Burası benim alanım diyor.**

Evet, yani varlık sebebimiz o. Aczimizi idrak edeceğiz, kulluğu kavrayacağız. Bizi bunun için yarattı. Tanınmayı istedim sizi yarattım diyor, yoksa size ihtiyacım yok.

| **Bak, beni bul, beni anla, beni çöz…**

Evet, işte aşk tam da bu.

| **O zaman tüm aşkını, tüm potansiyelini futbola, karşı cinse yahut şöhrete vs. vererek Allah'ın kendisinde, zatında var olan güzellikleri takdir etmen için sana verdiği o hissi heba etmiş, zayi etmiş oluyorsun. Allah ben sana bu hissi -örneğin- neslin devam etsin diye verdim; bir kısmını kullan, bu kadını sev, ama beni unutma diyor. Öyleyse aşk sadece bir duygu değil; aşk aynı zamanda bir sorumluluk, bir mesuliyet; doğru pay edilmesi, doğru tevdi edilmesi gereken yüce bir tat.**

Ve nasıl idrak etmiş ki şairimiz şöyle diyor:

Şimdilik hüsnü sana, aşkı bana vermişler
Âriyettir bu da cânâ ne senindir ne benim

Allah... Allah... Sen güzellik ile imtihan ediliyorsun ben aşk ile... Sakın havaya girme, ikimiz de imtihandayız; bunlar ne senindir ne de benim; mülkün sahibi Allah'tır. İnsan aşk ve fedakârlık disiplininde bir miktar mesafe alınca, Allah'a karşı sorumluluğunu da biraz anlama fırsatı buluyor. İşte aşk insana o yüzden lazım, onun için faydalı. Böylece kişi hakiki aşka yaklaşma imkânı buluyor. Ama her aşk gibi tehlikeli de olabilir, çünkü orada boğulabilir...

| **Nasıl boğulabilir hocam?**

Yani bir kadın veya para veya şöhret dedik ya... Boğulabilir... Orada kalır, işin sonu bu zanneder, mülkün sahibini unutarak her şeyi ona feda ve tevcih eder. Bu hıyanettir. Bu gönül suçudur.

| **Zayi etmek...**

Zayi etmektir, olmaz; maazallah, Allah göstermesin!

Hayftır şâh iken âlemde gedâ olmayasın

Şah olacak şekilde yaratıldın, dilenci olup şu âlemden ayrılmayasın.

Keder-âlûde-i ümmîd ü recâ olmayasın

İnsanlardan bir şey beklemekle, yalvarıp yakarmakla da krediyi harcamayasın.

Vâdî-i ye'se düşüp hîç ü hebâ olmayasın

Keder vadisine düşüp değersiz ve faydasız olmayasın.

Yanılıp reh-rev-i sahrâ-yı belâ olmayasın

Yanılıp bela çöllerinde kaybolup gitmeyesin.

Âdeme muttasıl ol tâ ki cüdâ olmayasın

Babana benzeyesin, ayrı düşmeyesin.

Secdeler eyle ki merdûd-ı Hüdâ olmayasın

İblisi hatırla ki onun gibi olup secdeden sarf-ı nazar etmeyesin. Böylece merdut ve tardedilmiş olmayasın, kendini zayi etmeyesin.

Galip merhum aşkın anayasasını yazmış ya... Hakikaten yani... Her bir mısra, şimsek gibi çakan!..

Her bir mısra bir kanun, değil mi?

Kırk sekiz mısrada böyle kırk sekiz vecize, kırk sekiz kanun maddesi dercetmiş ve yirmi dört yaşında tamamını bitirip kalemi hokkaya koymuş. Kırk iki yaşında da kariyerini tamamlayıp ahirete göçmüş. Kendisini çok özlediğim, gidince de birçok soru soracağım bir zattır. Bir tek sorum var aslında, hem ona hem Nâbî'ye soracağım; ne yedin de böyle oldun abi? Kendileri bir anlatsınlar. Sonsuz hayatta avantaj var; zaman bitmiyor, konuşabiliyorsun. Yani ne eksik kaldıysa onu tamamlıyorsun azizim.

"Tıp ölüme çare arıyormuş, ne dersiniz?" dediler. Çok soru gelmeye başladı son zamanlarda. İyice de ayarımız kaçtı, milenyumda çok densizlik var. "Ben zaten ölümsüzüm, sonsuz hayatım var," dedim. Bunlar ne yapmaya çalışıyor? Haddini bilsin ya; ilim de tıp da herkes de haddini bilsin. Ben ölümsüzüm zaten; meselem o değil. Sonsuz hayatımın felaket mi saadet mi olacağı benim meselem. Onu görmezden gelmek için böyle artist artist laflar... Dünyada birkaç yüzyıl fazla yaşamam gibi bir plan içindelerse de zahmet etmesinler, bunu isteyen yok zaten. Gelmişim 367 yaşına, evde bakıma muhtaç bir teyze var 443 yaşında, bir de amca var 986 yaşında... Çekilir bir şey değildir dünya. Böyle bir şeye müsait değil. Vakti gelince gitmek iyidir, ölüm güzeldir, güzel şeydir. Aşk ile ölüm birbirine çok benzer, onlar konuşunca diğerleri susar...

O zaman ezcümle, bizim karşı cinse beslediğimiz his, aşk zannettiğimiz şey aslında bizi gerçek aşka ulaştıracak yolun bir mukaddimesidir. Bu bir merhaledir, geçilmek için vardır. Nihai maksut, murat orası değildir. Marifet Leyla'dan Mevla'ya ulaşmaktır. Meşhur sözdür, nakledilir: "Allah, insandan insana tecelli eder."

Burası bir başlangıçtır, iyi bir ders, iyi bir imkândır. Bu sınıfta kalma, devam et, dahası var yani... Birinci sınıfa gelince diplomayı aldım zannetme, emin ol dahası var... Aşkın mertebelerini anlatıyor iki büyük usta, beş mısra okuyacağım; ilk üçünü Şeyh Galip, son ikisini Fuzûlî söyledi:

Vasf-ı hüsnü pâk ü müstesnâ bilen ârif değil
Kadd-i yâri cümleden bâlâ bilen ârif değil
Öz vücûdun âlem-i kübrâ bilen ârif değil
Hikmet-i dünyâ vü mâfîhâ bilen ârif değil
Ârif oldur bilmeye dünyâ vü mâfîhâ nedir

Bu gazel şaheserdir doğrusu. Fuzûlî'nin esasen beş beyitlik bir gazelini sonrasında Şeyh Galip tahmis etmiş, şaheser üstü şaheser yapmıştır. Burada beş merhale görülüyor:

1. *Vasf-ı hüsnü pâk ü müstesnâ bilen ârif değil*: Sevgilisini herkesten kıymetli tutan, onun üstüne hiçbir değer koyamayan kimse iyi yol almıştır, maşallah, aferin; ama arif değildir, iş bitmemiştir. Henüz birinci sınıfı geçmiştir.
2. *Kadd-i yâri cümleden bâlâ bilen ârif değil*: Sadece sevgilisinin boyuna bakıyor, diğer güzellikler gözünden silinmiş... Tamam güzel, bir merhale daha ilerledi, ama bu da işi bitirmedi, arif değildir.
3. *Öz vücûdun âlemi kübrâ bilen ârif değil*: Kendini tanıdı, kendisinin âlem-i kübrânın bir özeti olduğunu; insanın küçük, âlemin büyük olduğu nüktesini kavradı. Yine mesafe aldı ama bitmedi, üçüncü sınıfı geçti.
4. *Hikmet-i dünyâ vü mâfihâ bilen ârif değil*: Dördüncü sınıfta Fuzûlî alıyor sözü: Dünyayı ve içindekileri hikmetiyle beraber biliyor, ilmi çözmüş, tamam aferin; ama arif değil, bitmedi. Bitiş şurada, son mısrada:
5. *Ârif oldur bilmeye dünyâ vü mâfihâ nedir*: Arif odur ki dünyayı da içindekileri de unutmuştur, bildiklerini unutmuştur, yani aklı aşmıştır.

Aklı aşanlar iki türlüdür: Biri yatay aşmıştır, delidir; biri yukarı doğru dikey aşmıştır, âşıktır. İkisi de akıl düzleminin dışına çıkmıştır ama yandan mı, yukarıdan mı? Âşıkla deliyi nasıl ayırt edeceğiz? Şöyle: Deli ağlamaz, âşık gülmez.

Bir diğer kriter; deli o ki akıl onu terk etmiştir, âşık o ki o aklı terk etmiştir. İradi durum var. Yani bilerek akla, "Seninle işim bitti, bana ayak bağı olma, vazifen tamamlandı, ben bir üst akla geçtim," diyor. Üst akla geçmiş; onu yani boş kapsülü bırakmış. Üst akıl mertebesinde, aklın da fevkine çıkmış. Peki bu nasıl olur? İnsan, aklı aşar da hâlâ nasıl şuurlu olur? Aşkı ve aklı mukayese edip durumu nasıl anlayabiliriz? Hendek Muharebesi.

Medîne-i Münevvere muhasara tehdidi altında, bütün şartlar olumsuz. Küffar geldi, müşrikler geldi, öyle tehlikeli bir durum var ki yok olmak an meselesi. Selmân-ı Fârisî hazretlerinin teklifiyle hendek kazılıyor. Hendeğin bütün misyonuysa gelen ordunun hızını kesmek ve zaman kazanmak, hepsi bu. O kadar. Kocaman bir kaya çıkıyor, moraller bozuluyor, kazma işlemiyor. Peygamber aleyhisselam kazmayı vuruyor, kıvılcımlar çıkıyor, taş ikiye bölünüyor. Aden'in saraylarını görüyorum, diyor Efendimiz; o zamanki süper gücün, Aden medeniyetinin fethedileceğine dair bir işaret bu... O şartlar altında hiçbir akıl bunu normalde kabul edemez! Bu düpedüz aşktır! Bir daha vuruyor Konstantiniyye'yi görüyor, bir daha vuruyor Bizans'ı...

Savunma için hendek kazdıkları sırada söylüyor bunu yani...

Hem de açken, açlıktan ayakta duramazken...

Taş bağlamışken...

Karnına taşlar bağlamışken... Yani aşk, aklı aşan bir durum, bir değerdir. Örnek görmek isteyen Hendek Muharebesi'ne baksın. Demedin mi sen biraz önce, siyer; işte siyer! Yani yaşanmış bir şeyden bahsediliyor burada, teorik değil. Orada, "Letüftehannel Kostantiniyyetü veleni'me'l emîrü emîrühâ veleni'me'l ceyşü zâlike'l ceyşü"* diyor işte, yani, "Konstantiniyye elbet fetholunacaktır. Onu fethedecek emîr ne güzel emîrdir ve o ordu ne güzel ordudur." Aynen de tahakkuk ediyor sonra. Aşk; aklı aşan, yani akıl işini bitirdikten sonra ulaşılan bir idrak seviyesidir. Aşk mektebi de bir okul, bir öğrenme biçimidir vesselam.

---

* Ahmed b. Hanbel (v. 241/855) *Müsned;* Buhârî (v. 256/870) *et-Târihu'l-Kebîr* ve *et-Târihu's-Sagîr*, Ibn Ebî Hayseme (v. 279/892) *Kitâbu't-Târih*, Bezzâr (v. 292/905) *Müsned*

8

"Mümin mümine gayret eder,
mümin Allah'a gayret eder,
Allah da mümin kuluna
gayret eder."

Efendimiz aleyhisselam, "Ben güzel ahlakı tamamlamak üzere gönderildim," buyuruyor. Tamamlamak üzere dediğine göre hocam, demek ki bir asgari ahlak var. Hani Cenâb-ı Allah, "Ahsen-i takvîm"* buyuruyor âyet-i kerîmede, demek ki bir ahlak mevcut, Efendimiz (s.a.v.) bu ahlakı tamamlamak üzere gönderiliyor. Ve o zamanın Cahiliye Mekke'sinde, hatta peygamberliğini ilan ettikten sonra da ona en çok düşmanlık eden adamlar tarafından bile "Muhammed'ül Emin" olarak anılıyor, öyle biliniyor. Dârünnedve'de toplantı yapılıyor, "Ya bu millet bizim atalarımızın dinini fevç fevç terk ediyor, Muhammed'in (s.a.v.) arkasından gidiyor, nasıl yaparız da insanları geri kazanırız ya da onu itibarsızlaştırırız?" diyorlar. Biri bir şey söylüyor, biri başka bir şey söylüyor, Dârünnedve'deki müşriklerden biri

* "Ahsen-i takvîm" ifadesi, "Andolsun ki biz insanı en güzel şekilde yarattık" (et-Tîn 95/4) meâlindeki âyette geçmektedir.

de diyor ki, "Ona (s.a.v.) emanet ettiğimiz altınlara -ki inanmayanların altınları bile hâlâ onda emanet- değerli eşyalara ihanet ettiğini, onları harcadığını, iç ettiğini söyleyelim, böylece itibarsızlaştırırız." Bunun üzerine dünyada ondan en çok nefret eden adam, Ebû Cehil diyor ki, "Buna kimse inanmaz, çünkü Muhammed (s.a.v.) öyle bir şey yapmaz..." Hasmı dahi onun (s.a.v.) ahlakına şahitlik ediyor. Müşrikler dahi onun (s.a.v.) ahlakından son derece eminler. Oysaki bizim ahlakımızdan -bırakın hasmımızı- komşumuz, akrabalarımız, belki kendi ailemiz bile emin değil. Ve din aslında ahlaktır. Biraz bundan bahsedelim mi hocam?

Ahlak; ḫı, lam, ḳaf; ḫulḳ, ḫalḳ; yaratılışla doğrudan ilgilidir. Yani ahlak, olması gereken, fıtratta mevcut olandır ve bugün Batı dillerinden iltibasla onu *etik* kelimesiyle karşılıyorsak da aslında bu hiç uygun değildir. Çünkü etik dediğimiz şey göstermelik bir disiplindir. Gözümün içine baka baka beni kazıklama da ne yaparsan yap, demenin adıdır. Hâlbuki ahlak, doğrudan doğruya öze dairdir; ortada kimse yokken, sizi tenkit etmesi muhtemel bir insan mevcut değilken bile sizi çekip çeviren, sizi bağlayan bir hâli vardır. Yani kendi başınıza ve yalnızken de bir ahlak ve bir edep söz konusudur. Bu, aslında Allah ile münasebetimizin tam karşılığıdır; Halik ile mahlukun münasebetinin adıdır ahlak. Allah ile arayı iyi tutmanın adıdır. Çünkü imanla müşerref birisi kalbinin, bütün duygu ve düşüncelerinin Allah tarafından bilindiğini bilir, mesele odur. İnsanı ahlaklı kılan da zaten budur. Kişi, başıboş olmadığını bilir; bu hem muazzam bir güven teşkil eder hem de insanı hizada tutar.

Ahlak her an huzurda, O'nunla iletişim hâlindeymiş gibi yaşamaktır. Bugünlerde bundan uzak olduğumuz; materyalist, maddeci bir tutum benimsediğimiz; her şeyi elimizle dokunup gözümüzle görebildiğimiz şeylere göre dizayn etiiğimiz ve görülmeyi, tanınmayı, bilinmeyi, insanlar tarafından müşahede edilmeyi çok önemsediğimiz için bu noktada epey kayba uğradık, örselendik. Yani yediğimiz yemeği bile resimlerle sağa sola servis etmek gibi; ibadetimizi selfielerle diğer insanlarla paylaşmak gibi; her hâlimizi birilerine göstermezsek geçerli olmayacakmış gibi bir yapaylığı ve suniliği benimser hâle geldik. Bütün bunlar tasannu eseridir, gösteriştir... İşte bu bizi değersizleştiriyor, tenzîl-i rütbeye mahkûm ediyor, aşağı çekiyor. Hâlbuki Şeyh Galip ne demişti:

Hayftır şâh iken âlemde gedâ olmayasın
Keder-âlûde-i ümmîd ü recâ olmayasın
Vâdî-i ye'se düşüp hiç ü hebâ olmayasın
Yanılıp rehrev-i sahrâ-yı belâ olmayasın
Âdeme muttasıl ol tâ ki cüdâ olmayasın
Secdeler eyle ki merdûd-ı Hüdâ olmayasın

Hayftır şâh iken âlemde gedâ olmayasın: Yani senin altyapın, senin yaratılışın şah olmaya göre, sende o istidat var, peşin peşin var. Bunu zayi eder de geda olursan çok büyük ziyana uğramış olursun. Padişah olmaya layıkken köle olmak, zirvede olmak varken en dipte olmak gibi bir akıbete düşersin. Buna nasıl düşülür, diğer mısralarda tek tek izah ediyor.

Keder-âlûde-i ümmîd ü recâ olmayasın: İnsanlardan bir şey beklemek veya onlardan ümit beslemek, onların kapısını aşındırmak gibi bir zaafa düşmeyesin. İnsanlardan bir şey bekleme derdine düşersen, ahlaken sükût etmiş olursun. İşini insanlara göre ayarlamaya başlarsın; bu da riya demektir, gösteriş demektir, samimiyetsizlik demektir.

Vâdî-i ye'se düşüp hiç ü hebâ olmayasın: "Vâdî-i ye'se" yani keder vadisine, ümitsizliğe düşüp kendine yazık etmeyesin. "Rehrev-i sahrâ-yı belâ" olursun. Yani eğer bu hataya düşersen belâ çölünde yolcu haline gelirsin. Düşme. Ümidvar ol.

Yanılıp rehrev-i sahrâ-yı belâ olmayasın: Yolu şaşırıp da bela çöllerine düşüp kaybolmayasın. Dünya insanı ahlaklı olmaktan uzaklaştıran çeşitli sebeplerle, tuzaklarla dolu. Cilveli, kandırıkçı, kendini çok önemli zannettiriyor. İçinde bulunduğumuz için de yüzeysel idrak, derin düşünemeyen idrak buna kapılabiliyor. Burada bir mevki elde etmek için, madde elde etmek için, bir duruma kavuşmak için ahlaktan uzaklaşarak kolaycılığa ve kısa yoldan hilelere başvurarak sonuç almaya yöneltiyor. Sakın böyle olmayasın.

Âdeme muttasıl ol tâ ki cüdâ olmayasın: Çok güzel bir örnek veriyor. İnsanoğlu hata eder ama baban Âdem'e (a.s) bak, hatadan sonra nasıl davrandığına bak. Evet, hatası oldu ama boynunu büktü, hatasını itiraf etti, özür diledi, af istedi. Ne oldu? Adem safiyullah; ilk peygamber; altı büyük peygamberden biri; ülü'l azm. Öte yandan bir hata daha var; iblisin itaatsizliği...

Secdeler eyle ki merdûd-i Hüdâ olmayasın: Karşısına da bunu koyuyor şair. Burada da hata var ama ne oldu? Şeytan bâtılı savundu, hatasını müdafaa etti, diklendi, nedamet duymadı ve Azâzîl iken iblis-i lain oldu. Bu ikisi toprak kültürüyle ateş kültürünün mukayesesi; toprak kültürüne tevazu hâkim, her türlü kahrı çekiyor, seni taşıyor ama kibirlenen ateş de sonunda toprağa karışıyor. Toprak onu da içine alıyor. Toprak kültürünün başında model olarak Hz. Âdem'i görüyoruz. Ateş kültürünün kumandanı ise iblis. Bütün davranışlarımızı buna göre ayarlamamız, bunu hatırımızda tutarak yola devam etmemiz gerekiyor. İnsan tabii zaafa düşebilir. Kayserili Beliğ merhum şöyle diyor:

Bilmeyen sırr-ı kazâyı der-i pâşâya düşer
Kısmete kânî olan dergeh-i Mevlâya düşer

Kaza sırrını bilmezsen, makam sahibinin veya servet sahibinin, yani paşanın kapısına düşersin; insanlardan bir şey beklemeye başlarsın, ümit edersin. Hâlbuki salim bir akıl buna asla tenezzül etmez. Neden? Bilir ki o da ölümlüdür; bugün makamı varsa yarın yoktur, bugün canı varsa yarın yoktur, nefesi bile emanettir. "Ben bundan ne isteyeyim, ne bekleyeyim, buna ne hacet?" der, haysiyetini muhafaza eder, vakur durur, ağırbaşlı olur, izzetini korur. Dememişler mi ki, "İnsandan isteme; verirse minnet, vermezse zillet. Allah'tan iste; verirse nimet, vermezse hikmet." İşte Allah ile ilişkiyi bu çerçevede düşünmeli. Ben ondan istiyorum, verirse nimet vermiş olur, vermezse bir hikmeti vardır, o da faydalıdır.

Sadece isterken de değil. Mesela günümüzde yaşanan kırgınlıklara, insanların birbirlerinden şekvacı olmasına baktığımızda biri diyor ki, "Benim falancaya bu

kadar iyiliğim dokundu, ona şöyle güzellikler yaptım, böyle para verdim, sonra bana bunu yaptı..." Aslında bu kırgınlığın temeline baktığımızda şunu görüyoruz: Yapılan şey Allah rızası için yapılmış olsa, kulun zaten hata yapması, yarın sırtını dönmesi ihtimali düşünülse, bu kırgınlık hiç yaşanmayabilir. "Ben zaten Allah rızası için yapmıştım ve karşılığını Allah'tan bekliyorum," der insan, kırılmaz ve kızmaz. Değil mi?

İnsanoğlu bir iyilik yaptığı zaman ikisi birden imtihana giriyor işte: Eğer iyiliği yapan kimse Allah rızasını gözetmeyip biraz böyle aferin ve karşılık beklediyse, imtihan gereği karşı taraf bir yanlış yaptığında tuzağa düşer. "Gördün mü bak, yaptığımız iyiliğe ne cevap verdi!" der. Araya soğukluk girer, ikisi de kaybeder. Hâlbuki aksi hâlde imtihan yine gerçekleşir ama kişi, sizin dediğiniz gibi, "Ben zaten Allah rızası için yapmıştım, insanlardan bir şey beklemiyordum," der, müsterih olur. Bu, karşı tarafı utandırır; o da tövbe eder, o da kazanır.

| Ne kadar güzel, iki taraflı kazanç ya da iki taraflı kayıp söz konusu.

Tabii tabii, ikimiz birden imtihandayız. Yani sadece âşık değil imtihanda olan, maşuk da imtihanda; sadece iyilik yapan değil, iyilik gören de imtihanda. Çünkü Cenâb-ı Hak gayret sahibidir. Şimdi efendim, temel ahlak meselesini bir güzel anlayabilmek için bu "gayret" noktasına biraz temas etmeli.

Nedir "gayret" hocam? Günümüzde kullandığımız anlamı dışında başka bir manası daha var sanırım.

Günümüzde "gayret" kelimesini çok çalışma, yorulma manasında anlıyorsak ve bu mana doğru ise de, haddizatında *gayret* ile *haset* kelimesini birlikte düşünüp bir kavramı kalplerimize ve zihnimize iyice yerleştirmemiz lazım. Gayret, kıskançlık demek; haset de kıskançlık demek. Bugün Türkçemizde biz ikisini de aynı kelimeyle, kıskançlık-kıskanma ile karşılıyoruz. Hâlbuki bunun biri pozitif, biri negatif. Negatif manadaki kıskançlık şu; karşınızdakinin bir iyiliğe sahip olmasını; ilim, servet, makam, ibadet, sevilirlik, itibar, her ne olursa bir nimete kavuşmasını çekemezsiniz, arzu etmezsiniz, onda olmasın bende olsun dersiniz; bu hasettir. Evet, Türkçede bunun karşılığı kıskançlık ama öbürü gibi değil, *gayret* daha farklı. Gayret, üzerinde hakkı bulunan mukaddes gördüğün kişi veya şeye başkasının el uzatmasına razı olmamak demektir. Yani mesela bir adamın hanımını kıskanması, dinini kıskanması, din kardeşini kıskanması... Şimdi burada bir hadîs-i kudsî zikredilir: "Mümin mümine gayret eder. Mümin Allah'a gayret eder. Allah da mümin kuluna gayret eder." Üçünün de ayrı ayrı anlaşılması lazım.

Mümin mümine gayret eder. Bu ne demektir? Kıskanır. Sen beni kötü bir hâlde görsen, yakışmayan bir çirkinliğin içinde görsen, kıskanırsın. Beni o çamurun içinden çıkarmayı arzu edersin. Koluma girer ve, "Ya abi sana yakışmıyor," dersin. Biraz cefası olsa da buna katlanır, beni oradan kurtarırsın, beni kıskanırsın yani. Gençliğinde, yirmi yaşındayken bize gelip giden ve soru soran bir delikanlıya, "Günah işlemeye gideceksen de yalnız gitme," demişim, yirmi sene sonra şimdi, bunu teşekkürle andı. "O gün anlamamıştım ama şimdi anlıyorum," dedi. Şöyle bir faydası var: Yanınızda bir kardeşiniz varsa fazla ileri gidemiyorsunuz, koruyor sizi, kıskanıyor, gayret ediyor. Sizi bir fısk fücur, bir çirkinlik içinde görünce dayanamıyor, o hareketin sana yakışmadığını söylüyor.

Mümin Allah'a gayret eder. Bu ne demektir? Kıskanır. Rabbinin emirleri çiğneniyor, emrine hürmet gösterilmiyor, itibar edilmiyor diye kanına dokunur, acı çeker. "Rabbimin emrine nasıl uyulmaz?" der. Bir tanıdığım, merhum, fazilet ehli bir zat idi, şöyle demişti: Bazı arkadaşlarımızın, çocuklarını sabah namazına kaldırmakta gevşek davrandıklarını işitiyorum. Buna asla inanmıyorum, yapmaz arkadaşlarım diyorum ama Allah göstermesin, böyle bir şey varsa kim olduklarını unutup yakalarına sarılmak geliyor içimden... Dudakları kupkuru, yüzü bembeyaz oldu... Yani kıskanmak nedir, ben orada ayan beyan gördüm. Rabbimin emri çiğneniyor, bu nasıl olur diye çılgına dönen bir âşık hâli vardı. İşte sevmek böyle bir şey. Yoksa başkasının günahının ona zararı olacağından değil... Ama Rabbimin ve emirlerinin itibarını ayaklar altına alamazsın diyor. Dokunuyor, kanına dokunuyor.

| Allah kuluna nasıl gayret ediyor hocam?

İşte o da şu şekilde: Hadîs-i kudsî'de Hak Teâlâ buyurmuş ki, "Ey kulum! Seni kendim için yarattım. Her şeyi senin için yarattım. Senin için yarattığım şeyler, seni benden alıkoymasın. Seni meşgul, seni benden gafil etmesin." Yani Allah sana cenneti hazırlamış, sen dünyada çer çöpe aldandın... Olur mu bu? Ahde uyar mı?

Buna mı tav oldun?

Buna mı tav oldun! Evet, buna mı tav oldun, güzel söyledin. Ahitleşmedik mi? "*Elestü bi-rabbikum,* ben sizin Rabbiniz değil miyim?" dediğimde "*Belâ*, evet," demedin mi? Sen bana söz vermedin mi? Ben bir şeye muhtaç olduğumdan mı sana emirler, yasaklar koydum? Haşa! Ama sen benim hatırımı gözetmedin.

Kulunun tövbe etmesi hâlinde Allah seviniyor. Hem de nasıl seviniyor. Neye? Senin tövbe etmene. Niye peki? Bu, sana olan sevgisinin şiddetini, gayretini ve seni kıskandığını gösteriyor. Bu hususta bir örnek daha arz edeceğim. Sahabilerden Muâz b. Cebel bir soru soruyor Resulullah Efendimiz'e (s.a.v.): "Ya Resulullah, hanımımı suç hâlinde görsem, cezalandırmak için bir şey yapamaz mıyım? İnisiyatif alamaz mıyım? İhkak-ı hakta bulunamaz mıyım?" Efendimiz (s.a.v.), "Hayır!" buyuruyor. "Dayanamam ya Resulullah," diyor, "dayanamam." Resulullah Efendimiz (s.a.v.) buyuruyor ki, "Kavminizin reisinin gayretini gördünüz, o çok gayret sahibidir, yani kıskanır. Ben ondan daha gayretliyim, Allah benden gayretlidir." Buradan anla ki sen hududa tecavüz edersen, Allah indindeki durumun ne olur? Yani Allah'ın fuhşu men etmesi, Allah tarafından fuhşun yasaklaması, kuluna olan gayretindendir. Kıskanıyor bizi.

Nesle gayret ediyor, doğacak temiz evlatlara gayret ediyor.

Gayret kavramı işte bu. Bu anlayış yerleştiğinde ve bu kavram güzelce anlaşıldığında, insan bütün davranışlarını O'nu gücendirmeme esası üzerine inşa eder. İnsan, Rabbimin üzerimdeki hakkına bir saldırı olmasın, O'nu gücendirecek bir şey yapmış olmayayım diye düşünür. Yerken, içerken, gezerken, tozarken, evlenirken; ticari, siyasi her türlü ilişkilerini yürütürken bunu nazara alır, O'nun rızasını gözetir. Bilir ki bu kalp O'na aittir, bu kalbin sahibi O'dur ve buraya başka bir şeyin girmesi uygun değildir. Başka bir tutkuya yer vermek cinayettir. Şeyhülislâm Yahyâ bir beytinde, kalbinde başka bir tutkuya yer verirsen Kâbe'ye put sokmuş gibi olursun, aklını başına al diyor.

Çünkü orası Allah'ın evi...
Allah'ın evi...

9

"Bu fıtratı hizaya çekecek, onu munisleştirecek şey kalbin kuvvetlenip güzel ahlakla birlikte nefse hâkim olmasıdır. Bunun da çaresi kalbi O'nu anmakla terbiye etmek ve ahiret derdiyle şereflenmektir."

Gayretten bahsettiniz, şimdi de gayretin hayata yansımasından bahsedelim arzu ederseniz hocam. Bizim dinimiz bir ahlak dini, fakat bakıyoruz ki Müslümanlar olarak bu ahlaki meselelerde genellikle oldukça eksiğiz ve ahlaka riayet etmiyoruz; iş ahlakı, ihtilaf ahlakı, içtimai ahlak, aile içerisindeki ahlaki münasebetlerimiz vs... Evet, dini şeklen yaşıyoruz, namazımızı kılıyoruz belki ama iş ahlakımız aslında çok da Rabbimizin bizden istediği ya da Efendimiz'in (s.a.v.) bize öğrettiği şekilde değil. Biz Müslümanlar ne kadar ahlaklıyız ve en çok nerelerde kaybediyoruz?

Geçenlerde takside seyahat ediyorum. Yanımdan geçen araba kavga ediyor, kimseye yol vermiyor, herkesin önünü kesiyor, tam trafik canavarı diye tabir edilecek bir hâlle yolculuk ediyor. Ben de gerildim. Biraz sonra adam, minarelerden gelen sesle vaktin girdiğini anladı. Birden toparlandı, radyoyu kapattı. Şimdi, yahu, dindarlık bundan ibaret değil! Radyoyu o an kapatıyor ama hukuka riayet etmiyor. İnsanları ezdiğini, üzdüğünü, rahatsız ettiğini nazarıitibara almıyor.

Mesela günlük hayata baktığınızda trafiğin tıkandığını görüyorsunuz. Bir kilometre ötede görüyorsunuz ki biri kenara çekmiş, yolun ortasında arkadaşıyla camdan cama muhabbet ediyor. Ben bunları gördüğüm zaman diyorum ki bizim trafik sorunumuz yok, bizim ahlak sorunumuz var. Ya da adam yaptığı ticarette dolandırılmış... Dükkân açmışız, malı koymuşuz, başında bekliyoruz ama bir ahlaksız yüzünden dolandırılmışız ve mağdur olmuşuz. Bizim ticaret sorunumuz yok, ahlak sorunumuz var. Dolayısıyla ticaret, trafik vs... Bu perdelerin hangi birini kaldırırsanız arkasından İslam ahlakının olmayışı çıkıyor.

Hâlbuki ne denilmişti bize: "Üzerine basanın ayağını incitmeyen halı gibi yumuşak ol!" Nurettin Topçu'nun da iyi Müslüman'ın caminin içinde değil, dışında belli olacağına dair bir ifadesi var. Ticaret var, para var, pul var, kasa var, yani rekabet var; sen böyle bir ortamda nasılsın, mühim olan o. Caminin içinde herkes mübarek, orada iş kolay. Yani ahlakı hayatımıza yansıtmak, gösterişe tenezzül etmeden ve ihtiyaç duymadan bunu davranışlarımızda tabii bir biçimde göstermek, Müslüman ahlakını karşıdakine ikrar ettirmek; işin aslı bu. Nâbî merhum bir beytinde diyor ki:

Haset ol arife aybın şümâr ettikçe bedhahı
Diye söz yoktur istidracına dilber hususunda

Tabii Nâbî üstadımızın mısraları çoğu zaman kolayca anlaşılmaz. Ben şu kişiyi kıskanırım, şu kişiye imrenirim ki en azılı düşmanı bile onun sadakatine laf etmez; sadıktır, yalan söylemez, haktan ayrılmaz, der. Biraz önce sizin söylediğiniz gibi; yani Ebû Cehil'in Resûl-i Zîşan Efendimiz hakkında her türlü kötülüğün zirvede olduğu, ellerine fırsat geçse onu parça parça edecekleri, ona suikast planladıkları bir anda ve ortamda, "Buna kimse inanmaz çünkü Muhammed öyle bir şey yapmaz," demek zorunda kalması gibi...

| **Öz çocuğunu toprağa gömen bir adama söyletiyor bunu. O kadar gaddar bir adama...**

Güzel ahlaklı insan nasıl olur, diye sormuşlar. Güzel ahlaklı insan odur ki faili meçhul bir iyilik görüldüğünde yapsa yapsa filanca yapmıştır, bu ona yakışır derler. Kötü adam da odur ki yapmadığı kötülüğü bile ondan bilirler, demiş. İnsanların, hakkınızdaki şehadetleri elbette çok önemli. Çünkü insanlar nispeten serbest bir ortamda, herhangi bir plan, bir art niyet yoksa gerçeği söylerler. Kendi aralarında, "Neme lazım, filanca doğrudur, doğru insandır," derler. Bu şehadete ihtiyacımız var.

| **Tabii insanlar hakkımızda böyle tanıklık yapsınlar diye de değil. Riyakârlık da yapmamak lazım, orada bir çizgi var yani.**

İnsanlar desinler diye bir şey yapmanın kendisi bizatihi hastalıktır, bu kötü ahlaktır. Siz zaten o eylemi Allah için yaptığınız takdirde insanlar böyle tanıklık ederler. İnsanların samimiyeti teşhis noktasında genellikle hatası olmaz. Allah'ın izniyle samimiyetsiz olanı hemen yakalarlar. Özde sözde, gidişte gelişte bu hemen anlaşılır. Samimi olanı derhâl anlarlar. Bundan istifade edecek olan eder, bu yüzden düşman olacak olan da olur. Ama nettir; samimiyet dupduru bir bardak su gibidir. Cam bardaktaki suyun içine bir damla mürekkep düşse nasıl ki herkes bunu görür, aynı şekilde samimiyetsizliği gizlemenin de imkânı yoktur. Bu yüzden samimi olmak dışında bir yaşama imkânı da yoktur. Yani samimiyet bir hayat memat meselesidir! Yoksa yaşamazsınız, ruhen ölürsünüz. Samimiyet ortadan kalktığı zaman toplumlar çökmeye, çürümeye başlar. Bir hukukçu olarak belki benim asla telaffuz etmemem gerekiyor ama, her türlü suçlu affedilse de sadece samimiyetsizler cezalandırılsa, derileri yüzülse kılım kıpırdamaz, alkış tutarım yani. Çünkü insanlık suçu odur; samimi olmamak, içi dışı bir olmamak, riyakâr olmak, münafık olmak. Odur problem. Yoksa insan hata eder, hatadan sonra toparlar, kendine gelir, pişman olur ve bu insanlıktır. Hata insana pek yakışır. Hatasızlık aranmıyor. İnsan hatasız olacak olsa, melek gibi olacak olsa, o zaman sizi ortadan kaldırır başka bir kavim yaratırdım diyor Cenâb-ı Hak.*

| **Tabii münafıklık başka bir boyut. "Münafık kimdir ya Resulullah?" diye sorduklarında Efendimiz aleyhisselam, "Dört huy var ki kimlerde bulunursa o tam bir münafık olur," diyor ve devam ediyor: "Bu huylardan birisi kendinde bulunan kimse o huyu terk**

* "Eğer siz günah işlemeseydiniz, Allah sizi helak eder ve yerinize günah işleyip peşinden tövbe edecek kullar yaratırdı." (Müslim, Tövbe 9-10-11)

edene kadar münafıklıktan bir huy taşımış olur. Bu huylar şunlardır:

Konuştuğu zaman yalan söyler.

Söz verdiği zaman sözünü tutmaz.

Kendisine bir şey emanet edilince ona hıyanet eder.

Birisi ile çekişmeye girince hak yer, haddini aşar."*

Günümüz toplumuna baktığımız zaman bu hasletler ne yazık ki birçoğumuzda, birçok insanda var...

Çok ürkütücü bir durum. Aslında bütün sıkıntılarımız bundan kaynaklanıyor.

| **Peki bunun ilacı nedir hocam?**

Efendim, her türlü hastalık gibi bu hastalığın da sebebi ahiret inancının zaafı, ahirete imanın zayıf ve yetersiz olmasıdır. Şuna dikkat edelim; zamanımızda dinden bahseden insanlar dâhil, birçoklarında ve yaptıkları konuşmalarda ahiret endişesi yok. Yani sözüm ona çok ilim sahibi ama bakıyorsunuz adamın derdi ahiret değil; bir merak saikiyle, bir felsefi tecessüsle yapıyor konuşmasını. Bir şeyler söylüyor, birtakım izahlar yapıyor ama ahirete gidecek adamın endişesini taşımıyor. Sen Allah'a hesap vereceksin. Çok bilmek hüner değil ki! Samimiyetsizlik burada da kendini gösteriyor. Cenâb-ı Hakk'a yalvarıp bize ahiretin ehemmiyetini anlamayı ihsan etmesini istememiz lazım.

| **Demek ki burada birbirini tetikleyen bir silsileden söz ediyoruz. Her şey birbirine bağlı... İnsanda ahiret**

---

* Buhârî, İman 24; Müslim, İman 106; Ebû Dâvûd, Sünnet 15; Tirmizî, İman 14; Nesâî, İman 20.

endişesi olmayınca konuştuğu şeyin tesiri de olmuyor. İnsanlar da belki oraya bir değişiklik, bir etkinlik niyetiyle gidiyor. Sonuç olarak konuşmacı kalplere tesir edemeden ve insanlar da ciddi bir şey öğrenemeden oradan ayrılıyor ve bu böylece devam edip gidiyor. İlkokuldan başlayarak bazı şeyleri herhâlde birazcık yanlış tanımladık hocam. Mesela çocuklar din dersiyle ilk karşılaştıklarında bile dersin adı *Din Kültürü ve Ahlak Bilgisi*, sanki bunlar birbirinden ayrı şeylermiş gibi... Sonra anlıyoruz ki ikisi birbirinden ayrı değil! Din dediğin zaten ahlaktır. Dolayısıyla bunları hem sözel düzlemde hem de yaşantımızda ayırmamamız gerekiyor. Belki de biz hatayı baştan yaptık.

Bu bilinçli, bilerek yapılan bir şey. Mesela kırklı yıllarda "din" kelimesinin sonuna psikoloji, sosyoloji, felsefe gibi kelimeler eklenerek ders hâline getirilmişti. Yani din psikolojisi, din sosyolojisi, din felsefesi vs... Aslında size bir "genel kültür" veriyor. Ancak hep iyi bir Müslüman olma, Allah'a iyi bir kul olma, ahireti imar etme endişesinden uzak, genel bir kültür bilgisi bu. Ansiklopedik bilgi devşirir gibi manadan boşaltılmış bir kültür bilgisi. Biraz da kasıtlı bir hareket... Aklıma Yozgatlı Fennî merhumun ahlaka dair muazzam manzumesi geliyor. Bu hususta birçok örnekten söz edilebilir tabii ama Fennî'nin örneği çok parlak.

Yakışmaz bir sıfattır dil-şikenlik tab'-ı merdâne
Bu gülşende gül ol hâr olma çeşm-i andelîbâne
Geçinmekse merâmın istirâhatle hakîmâne
Elinden geldiği müddetçe sa'y et bezl-i ihsâne
Sezâ ancak budur her sâlik-i şeh-râh-ı 'irfâne

Sakın bir dîdeyi ağlatma handân olmak istersen
Dokunma hâtır-ı mûra Süleymân olmak istersen

Yetmiş yedi mısralık manzumeden yedi mısra... Her mısrada bir kaziye var... Her mısrada bir vecize...

Yakışmaz bir sıfattır dil-şikenlik tab'-ı merdâne: Gönülleri incitmek, sert davranmak, kalp kırmak mert insanların tabiatına yakışmayan bir arızadır, diyor şair. Yani burada ahlakın temel bir değeri olarak kalp kırmaktan sakınmayı gösteriyor. Bu husus önemli: Kalp Allah'a komşudur. O bakımdan kalbi kırmak, Allah'ın komşusunu incitmek demektir. Komşu asi de olsa ona yapılan saygısızlık ev sahibini incitir. Yani Hak Teâlâ, isyankâr olan kulunun da kalbinin kırılmasını istemiyor. Eskiler bunu şöyle, biraz esprili ifade etmişler: "Gerekirse kafasını kır ama kalbini kırma." Kalp; aziz olduğu, kıymetli olduğu, Allah evi olduğu için -günahkâr da olsa- onu kırmama esaslı bir hayat tarzı peşin peşin tavsiye ediliyor. Kalbi kırmaktan sakınmak, şiddetle, altı çizilerek ifade ediliyor.

Şairin verdiği örnekte, "*Bu gülşende gül ol hâr olma çeşm-i andelîbâne / Geçinmekse merâmın istirâhatle hakîmâne*" deniyor. Gülşende üç unsur vardır: gül, bülbül, diken. Sen bülbülün gözüne batan diken olma da onu mest eden gül ol. Bu gülşende senin vazifen o olsun, rolünü ona göre oyna; diken olma gül ol. Meramın güzel geçinmek, rahat ve huzurlu olmak, bu huzuru etrafına da yaymaksa, ki öyle olmalıdır, "*Elinden geldiği müddetçe sa'y et bezl-i ihsâne.*" Yani verici ol, cömert ol. Ahlakın bir diğer mühim unsuru cömertlik; verdiğin senin, aldığın değil; elini vermeye alıştır, bir gün can vereceksin; beden almakla doyar, ruh vermekle.

Biz buradan bir kapı aralayarak çok güzel bir şekilde kendimizle tanışma imkânı bulabiliriz. Verdiğimiz zaman huzur bulma noktasına ulaşmalıyız.

Vermenin tadını almalıyız...

Dediğiniz gibi bu tada varmalıyız. Böylece insanlığımızı hissetmek, daha bir derin hissetmek imkânını bulacağız. Cömertlik kapısını açmadan olgunlaşmak da mümkün değil.

Vermek maddiyatla sınırlı değil, Allah ne verdiyse ondan infak etmek kastediliyor, değil mi hocam?

Evet, elde ne varsa... Her türlü... Güler yüz bile sadakadır buyuruldu malum. İnsanları hoşnut edecek, onları rahatlatacak, sıkıntısını giderecek herhangi bir şey. Hele zamanımızda bunu asla hafife almamalı! Sadece samimiyetle merhaba edip başını yaslayabileceği bir omuzdan başka bir şey aramayan çok insan var. Çünkü herkes yalnızlık çekiyor, kalabalığın içinde olmak yalnızlık yok anlamına gelmiyor. Tam tersine; iletişim fırtınasına maruz kalıyor, günde binlerce mesaj geliyor ama bal gibi yalnız! Çünkü burada insan idraki yok; bir makine, soğuk bir mesaj; seni bilmiyor, seni hissetmiyor. İnsanlar ancak göz teması, gönül teması kurarak ve yüz yüze bakarak birbirlerinden istifade edebilirler. Bunun tadını aldığın, insanlara bunu sağladığın yani bir gönle sürur verdiğin zaman bu elbette sana da dönecektir. Bizim buna alışmamız, dediğiniz gibi iyiliğin tadına varmamız lazım.

| **Hani belediyeler evlere doğalgaz döşemekle iftihar ediyorlar ya hocam, en ücra mahallelere bile doğalgaz getirdik filan, o önceden sobaydı hani. Aslında bizim, herkesin etrafına doluşup birbirine yaklaştığı o ortadaki sobaya ne kadar çok ihtiyacımız var...**

Tabii...

| **Herkesin, konuşmasa bile birbirinin gözüne baktığı... Biz birbirimizin gözüne bakmayı unuttuk. Evin bütün odaları aynı anda ısınınca koptuk gittik birbirimizden, hâlden anlamaz olduk. Hâlden bilmeyen ahlaktan ne bilsin...**

Yaa... Ne kadar güzel mısralarla devam etmiş şair: *"Sezâ ancak budur her sâlik-i şeh-râh-ı 'irfâne / Sakın bir dîdeyi ağlatma handân olmak istersen."* İrfan ana caddesinin yolcusuna yakışan budur; ahiret yolcusunun gönül alması lazım. Yani servet orada işe yaramıyor. Fakat gönül kazanmak o yolculuğun sermayesi. Seni hızlı götüren bir yakıt. Sen bir yere gideceksin, gideceğin yer ahiret. Hesabı dünyaya göre yapıyorsun. Oysa buradakileri bırakıp gideceksin. Üstelik berbat da bir durum var; birileri malı arkandan paylaşıyor, hesabı sen veriyorsun. Hiç akıllıca bir iş değil. Ama gönül kazanmak öyle değil! Gönül yani kalp Allah'a komşu, Allah evi; onu kazandığın zaman sonsuz ahiret hayatında bundan istifade ediyorsun.

Velhasıl ahireti merkeze almak, sonsuz bir hayata doğru gittiğinin farkında olmak lazım; orada niyetler de yargılanıyor, kalbindeki her şey biliniyor, sırrını bilene hesap veriyorsun. İnsanı güzel yapan aslında bu. Onun bir tehdide, bir hatırlatmaya ihtiyacı yok. Kalbinde Allah derdi var, Allah'ın rızasını arıyor. Öyleyse işin doğası gereği iyi olmak zorunda. Onu iyiliğe doğru iten, bitmez tükenmez bir enerji, bir güç var. Bu Allah sevgisidir. Eskiler buna "feyiz" diyorlar. İşte o feyzi alacağımız kişilerle görüşmek de çok önemlidir. Yani ahlakın bir diğer özelliği fena hâlde bulaşıcı olması ve bu bağlamda görüştüğünüz kişilerle de ahlaki bir etkileşim yaşayacak olmanızdır. Bir fark vardır ki kötü ahlak çabuk bulaşır, berbattır, gayret istemez; iyi ahlak ve iyi alışkanlıklarsa gayret ister, istikrar ister.

| Kötü ahlak sanki biraz daha mı bulaşıcı hocam?

Daha bulaşıcı...

| Biraz virüs gibi, daha hızlı yayılıyor.

Bir çuval elma olsa, içindeki bir çürük hepsini çürütür. Fakat o kadar elma bir tek çürüğü kurtaramaz, onu oradan atmak lazımdır. Yani kötüden uzaklaşmak, eskilerin "uzlet" dediği şeye yönelmek, zarar verici olanla alakayı kesmek ve iyilerle beraber olup onların güzel ahlakından istifade etmeye çalışmak gerek. U borusunu düşünün; zamanla aynı seviyeye gelene kadar akış devam eder. Yani iyilerle görüşmenin böyle bir hikmeti, böyle bir sebebi vardır. Eninde sonunda ona benzersin.

| İyiler nerede hocam?

Her yerde, her yerde muhterem...

| Bu zamanda, bu kadar kötünün içinde iyiyi nasıl seçeceğiz? Onlar kendilerini nasıl belli ederler?

Ticarette belli ederler, komşulukta belli ederler, namaz niyazda belli ederler... En güzel, en kestirme yol da bunu

Allah'tan istemektir. Beni iyilerle karşılaştır, karıştır, görüştür diye dua edersin; Allah Teâlâ sevdiği kulunu sevdikleriyle tanıştırır. Bu işin de çaresi bu.

Hasan-ı Basrî hazretlerinin evinde küçük bir hizmetçi, bir çocuk, on yaşında var yok, gece dua ediyor. Hasan-ı Basrî hazretleri işitiyor. Çocuk, "Ya Rabbi," diyor, "bana olan sevgin hürmetine beni affet." Hasan-ı Basrî, "Oğlum," diyor, "herhâlde yanlış söyledin. Allah'ın seni sevdiğini nereden biliyorsun?" "Biliyorum efendim. Bütün ecdadım, aile efradım imana kavuşamadan öldü. Bana ise iman nasip oldu. İman sevilenlerde olur. Beni sizinle, sevdiğiyle tanıştırdı, sizinle beraber etti, açık delil. Gecenin bu saatinde de beni huzurunda tutuyor, ibadet ediyorum; başka delile ne hacet?" Yavrum sen işi bitirmişsin, diyor hazret.

Elbette bu bir nasip meselesi, talep meselesi. Cenâb-ı Hak'tan isteyince verir. Âdeti, adaleti herkese şamildir. Herkes hak ettiğini bulur, en azından hak ettiğine kavuşur, fakat Rabbimiz zaten fazla fazla da ihsan eder. Çok istemek, ısrar etmek lazım. Unutmamalı; sonsuz ahiret hayatının başlamasına saatler veya nefesler kalmıştır. Bu unutulmazsa güzel ahlaka kavuşmak mümkündür. Zaten başka çaresi de yoktur. Yani insan vicdan mahkemesinde yargılanacağını bilmeden nasıl ıslah olsun! Hevâ-yı nefs diye bir şey var; insan her şeye kavuşmak, her şeye sahip olmak istiyor. Kimseden emir almak istemiyor, hep emir veren kendisi olsun istiyor. Bu fıtratı hizaya çekecek, onu munisleştirecek şey kalbin kuvvetlenip güzel ahlakla birlikte nefse hâkim olmasıdır. Bunun da çaresi kalbi O'nu anmakla terbiye etmek ve ahiret derdiyle şereflenmektir.

| **Şu mudur hocam; Rabbini bilmeyen kâmil ahlakı da bilemez?**

Bilemez, bilemez…

| **Ne olursa olsun…**

İstidadı olabilir; iyi insana yakışır ehliyeti vardır ama o eşiği aşmadıkça potansiyel hâlde kalır, kinetize olmaz. Maalesef geçer akçe değildir, üzücü bir netice hasıl olur.

| **Bir arifin kitabında okumuştum; kemâlâta medar seciyeleri olabilir ama makbul değildir, diyor.**

Makbul değildir, evet. Ancak bu bir müjdedir, bir haberdir. Birisinde böyle bir seciye,böyle bir istidat gördüğünüz zaman elden geldiğince ona yardımcı olmak, daha çok hizmet etmek lazım. Çünkü küfrün de çeşitleri var. Kimisi cehaletinden, bilmediği için, hiçbir zaman önüne çıkmadığı için imana kavuşamamış. Fakat karşılaştığı zaman o kemâlâta medar seciyesi devreye girer, imanı tanır, yabancılık çekmez. Neticede bu, ona Âdem babasından, cennetten gelen bir işarettir. O yüzden imanı görünce tanır, cennetin kokusunu alır. Cömert olanların imana kavuşması hep kolay olmuştur. Cimrilerinse imanı koruması çok zor olmuştur. Bu kriter çok enteresan. O yüzden insan korkuyor ve düşünüyor; ben cömert miyim, cimri miyim?..

| **Gerçekten de böyle oluyor. Basında çıkmıştı: Amerikalı bir milyoner yardım derneği yönetiyor ve Afrika'ya, başka başka yerlere gidiyor. Bir süre sonra da Müslüman oluyor…**

Elbette. İşte istidat, kemâlâta medar seciye dediğimiz bu. Demek ki o fıtrat var. Öncü müjdeler görünüyor, nasibi varsa sonra imana kavuşuyor. Senden benden de iyi oluyor. O insanların duasını almak lazım…

10

"Ancak İmâm-ı Rabbânî hazretlerini okursam nefes alabiliyordum! İmam Gazâlî hazretleri başımı okşayan, beni teselli eden bir baba gibiydi. Başımı dizine koyduğum, bana şefkat gösteren bir ana gibiydi."

Hocam, siz herhangi bir konudan bahsederken ya da size sorulan sorulara cevap verirken çok güzel eserlerle, divan şiirinden mısralarla örneklendiriyorsunuz. Dolayısıyla ciddi bir müktesebatınız var, okumuşsunuz ve heybenizi doldurmuşsunuz. Gençlerde çok yaygın; ekranda gördüğü ya da kitaplarını okuduğu biriyle karşılaştığında ne okumalıyız, nasıl okumalıyız diye soruyorlar. Mesela Yusuf Kaplan şöyle demişti: Dört renkli kurşun kalem alın, o dört kalemle okuyun; yeşil kalemle kilit kavramların altını çizin, kırmızı kalemle önemli satırların altını çizin, mavi kalemle atlanmayacak yerleri işaretleyin, siyah kalemle sağa ve sola notlar alın, üst boşluğa en önemli cümleyi yazın. Böyle bir tarifte bulunmuştu.

Önce şuradan başlayalım. Dinimizin ilk emri "oku", insan niye okumalı hocam?

İnsanın kendini aşması, olgunlaşması, kusurlarını görmesi, ilimden başka bir şeyle mümkün değil tabii ki. İlim farz. Kadın erkek, bütün Müslümanlara farz. Fakat burada bir şeye dikkat edilmeli: Asıl olan çok okumak değil, iyi kitabı çok okumaktır. Çok bilgi sahibi olmak, kitap oburu olmak değildir mesele; çünkü böyle bir arıza var, bazıları ne bulursa okuyor ama bununla başa çıkmak mümkün değil. Önce maksada matuf okumak, bir karar vermek lazım. Yani diyoruz ya; dünya hayatı ahiret hayatı için hazırlık yapacağımız, gelip geçici bir yer. Ve biz klasikler bakımından insanlığı aydınlatan güzel ve ciddi eserlere sahip zengin bir iklimde yaşıyoruz. Muazzam bir geçmişimiz, birikimimiz, tecrübemiz var. Ben bu hususta temel birkaç eseri vasiyetim olarak gösterdim.

| **Bu eserler nelerdir hocam? Zikredebilir misiniz?**

Üç kitap zikrettim, yani soranlara bu üç kitap vasiyetimdir dedim. İkisi Sultan Fâtih merhumun dönemindeki hocalar tarafından yazılmış, temel eser mahiyetinde küçük kitaplar. Çok hacimli kitaplardan söz etmedim çünkü herkesin harcı değil, herkese o kadar lazım da değil. Biri *Miftâhu'l-Cenne* isminde meşhur bir eserdir ki bizim tarihimizdeki klasik adı *Mızraklı İlmihal*'dir. Temel din bilgilerini ihtiva eder. Bu kitap bizim medeniyetimizde o kadar önemsendi ki bu kitaba vakıf olmayana, bu kitaptan mezun olmayana kız bile vermezlerdi, yani evlenmesine müsaade edilmezdi. Buradan iman, ibadetler ve ahlak noktasında asgari bilgileri edinmek mümkündü. O yüzden cep kitabı gibi herkesin elinin altındaydı, küçük olduğu için okunabilme kolaylığı vardı, yaygındı. Bundan yüz yıl öncesine kadar, hatta yüz yıl bile fazla, yakın geçmişe kadar herkesçe çok iyi bilinen bir dayanak eserimizdi.

İkincisi Molla Câmî hazretleri tarafından yazılan *Şevâhidü'n-Nübüvve* isimli eserdir. Burada ilimden ziyade aşk esastır, sevgi öğretilir. Abdülhakim Arvâsî hazretleri, "Bu kitabı okuyan Resullullah'a âşık olur," demiştir.

Üçüncüsü meşhur âlim İmam Gazâlî hazretleri tarafından yazılmış olan *Kıyamet ve Ahiret* isimli eserdir. Ahlakı anlatırken ısrarla vurguladığım üzere, bir insanda ahiret endişesi olduğu zaman onun güzel, akıllı, ahlaklı ve yararlı bir insan olması mümkün ve anlamlıdır. Yoksa mavi bulutlar arasından gelen, barış elçisi gibi pembe sözler söyleyen birinin pek de bir değeri yoktur.

Romantik, ütopik şeylerden söz etmiyoruz. Gerçekten iyi bir insanın, güzel ve ahlaklı bir Müslüman'ın şöyle bir alameti vardır: Geldiği yere sürur getirir, gidince hüzün bırakır, herkesçe sevilir. Şunu sormuş öğrenmiştik mesela; niye sevilir o kişi? Bazı insanlar var ki herkes tarafından seviliyor, onu görmeyen özlüyor, insanlar ayrılığına dayanamıyor, gördüklerinde ferahlıyor, ailesinde teveccüh ve Allah sevgisi artıyor, insanların hareketleri düzeliyor, kendi kusurlarını görmeleri artıyor; yani ona yaklaşan güzelleşiyor. Sebep nedir? Niye sevilir bu insan? Aldığımız cevap şu olmuştu: Kendini sevmediği için. Bir insanın sevilmesi buna bağlıdır. İnsan kendini severse başka kimseyi sevemez artık. Ona egoizm derler.

Bu tabii günümüz insanının kolay anlayabileceği bir şey olmayabilir. Çünkü sağda solda "I Love Me!" gibi saçmalıklar işitiyorum. Hay Allah müstahakını versin ya! Bu zaten hastalığımız, bu hastalık hepimizde var da insan bunu bir de bayrak gibi sallar mı ya? Bununla övünülür mü? Birisi bana bu cümleyi söyledi de ona, "Öyleyse sevdiğini ateşten koru," dedim. Şaşırdı. "Ne demek istediniz hocam?" dedi. "Madem kendini seviyorsun, insan sevdiğini korur, korumalıdır. Bir tehlike var, bir ateş var, bir felaket var…" "O nedir?" dedi. "Hah," dedim, "işte mesele budur!" Yani tanımadan seversen bir gariplik ortaya çıkar. Güvercini sevdiğin gibi fesleğeni sevemezsin. Kurur zavallı. Kediyi sevdiğin gibi güvercini sevemezsin. Sevmek için tanımak gerek; ihtiyaçları nelerdir, ne lazımdır?.. İnsan kendini tanırsa saadeti nerede, felaketi nerede, bunu bilir ve böylece doğruyu sever. Sevdiğinin bir manası olur. Yoksa ben çok adam tanıyorum, alkole müptela olmuş, çünkü kendini seviyor. Kumara müptela olmuş, hayatını kumarla tüketmiş ama sorsan seviyor, sevdiği yani zevk aldığı için oynuyor. İyi de aziz kardeşim; sen kendini tanımıyorsun, kendine zarar verdiğinin farkına varmıyorsun ve hayatı şu kadarcık, üç beş günlük bir hikâyeden ibaret zannediyorsun. Böyle sevmek mi olur? Sevmek için tanımak lazım.

İşte tavsiye ettiğimiz eserler bu çerçevededir. Bir insanın kendini tanıması, doğru imana kavuşması, arızaları ve hataları varsa düzeltmesi, sonra güzel ahlakla bezenmesi, ahiret derdiyle şereflenmesi; işte kemal, iyilik ve güzellik bundan ibarettir. Bundan mahrum kalmak toplumda çok çeşitli ıstıraplara sebebiyet veriyor. İnsanlar bencilleşiyor, taş gibi oluyor, merhametsizleşiyor; yani kimse kimsenin derdini anlamaz hâle geliyor. Enteresan bir dünyada yaşıyoruz. Bakıyorsunuz dünyanın bir tarafında sefahatten, bir tarafında sefaletten mahvolmuş insanlar var, ikisi yan yana... Hong Kong'la Bangkok'u örnek verirler; birinde sefahat, birinde sefalet zirvede, ikisi de mutsuz. Hâlbuki biz dünyaya imtihan için geldik. Eğer kardeşimizin, başka insanların dünya ve ahiret saadetlerine hizmet eder, onlara Allah'ın kulu olmaları cihetinden yardım edersek bu bizim Allah'a hizmetimiz olacaktır. İşte bu bizi aziz eder, yüceltir ve böylelikle biz de insanlığın şerefine kavuşur, iyiliğin tadına varırız.

Geçenlerde Amerikalı bir bilişimci şöyle söylemişti hocam: 2000 yılından 2019'a kadar yaşanan teknolojik gelişme, 0'dan 2000'e kadar yaşanmadı. İnsanın idrakinde, algılayış biçiminde ya da medya organları bağlamında... Şimdi zamane gençliği diyor ki ben okumak durumunda değilim, çünkü bunun filmini ya da belgeselini izliyorum. Bir insan okumadaki aynı lezzeti videodan, sinemadan ya da sair başka yerlerden alabilir mi? Okumanın burada devam etmemizi gerektirecek farklı bir sırrı var mı?

Aynı lezzetin alınabileceğini katiyen düşünmüyorum. Bunlar başka şeyler. Oradan ancak data edinirsiniz, ben hikmetten söz ediyorum. İnsanın kemal bulmasından, olgunlaşmasından, ermesinden bahsediyorum. Data toplamak bu manayı vermez, vermiyor zaten. Cemil Meriç bir misal verirdi. Hangi teknolojik gelişme, hangi modern anlayış o mağara insanının tapınmasındaki derinliğe sahip? Bâtıl bir dinin ritüelini yerine getiren insandaki samimiyet bile yok teknolojinin sağladığı şeyde. İkisi ayrı şeyler. Bu makineleşme talebini, makineleşmeye doğru gidişi ve bunu böylece kutsamayı; okumaya ihtiyacım yok, ilim tahsil etmeye ihtiyacım yok gibi bir anlayışı tehlikeli buluyorum, tatsız buluyorum, insanlık şerefiyle bağdaştıramıyorum. Çünkü teknoloji ilim demek değil. İnsan bilmem kaç boyutlu sinemalarda ne edinebilir, edindiği şeyin adı nedir? Derinlik neredevery? Yani ruhun farkında olmaktan, ruhu beslemekten söz ediyorum. Bunların tamamı bedenle ilgili oysa, ruhla hiçbir ilgisi yok. Hatta ruhun varlığının, hadi inkâr demeyeyim, en azından ihmal edildiği açık. İnsanın tek bir tarafına bakıyor. Oysa insan tek taraflı değil; hardware'i var, software'i var; kalıbı var, kalbi var; bedeni var, ruhu var. Bahsettiklerin bedene müteallik şeyler. Elbette teknolojide gelişmeler olacak, olsun, buna kimse karşı değil zaten. Ama söylediklerim derinliğimizle, ebedî hayatımızla ve onun öznesi olan ruhumuzla ilgilidir.

Şöyle dediniz ya hocam, kitap oburu da olmamak gerekiyor. Yani illa her önüne geleni okumamak... Bu aslında dengeli beslenme dediğimiz şey. Bir insan hangi yaşta ne okuyacağını bilecek. Maksada matuf doğru eserleri bulmak önemli. Mesela şu an bu kitabı okuyan bir arkadaşımız daha çok okumaya niyet etse, az önce bahsettiğiniz o üç eserin haricinde neyi okumalı?

Oradan, o üç kitaptan yolunu bulacak zaten... O kitaplarda atıflar var, isimler var, değerler var...

İz sürecek...

İz sürecek. Zaten meraklı talebe için mesele yok! Ancak kaç tane meraklı talebe var, ondan pek emin değilim işte.

Aslında ismi *talebe* değil *öğrenci* olduğu için mi çocuklar birazcık talep edemez hâle geldiler ne? Talebe kelimesi talip / talep edenden geliyor, çok güzel, ama bu kelime öğrenciye dönünce sanki işler de değişti.

Başka bir şeye evrildi. Ve o artık peşin kazançları hedefler hâle geldi. Sınavlar, imtihanlar... Sözüm ona başarı... Yahu bizim üniversitelerde milyonlarca öğrencimiz var ama biliyoruz ki okuyan yüzde birlerde. Çünkü biz orada da "mış gibi" yapıyoruz. Bizim hâlimiz "mış gibi" yapmak! Binayı dikmekle işi bitirdiğimizi zannediyoruz. Bazı yerlerde okuma seferberlikleri başlatılıyor, görüyorum. Bu, sosyal medyada servis ediliyor. Sonra gittiğimde anlıyorum ki bir yerlere oturmuşlar, okuma programına dâhil olan kitapları masanın üstüne koymuşlar, fotoğraf çekilmişler, sosyal medyada paylaşmışlar, o iş bitmiş!

Okumamışlar mı?

Okumamışlar yahu, birçok yerde böyle, her şeyi "mış gibi" yapıyoruz. İşin tadını kaçırdık artık. Birçok şeyi sosyal medyada gösterebilmek için yapıyoruz. Böylelikle yaptığımız her şeyin de içini boşaltmış oluyoruz. Emin olabilirsiniz, çoğumuzun evinde kütüphaneleri süsleyen kitaplar orada öylece duruyor yani, öylesine duruyor, gerçi önünde fotoğraf çektiriyoruz...

Mesela Yayfed'in istatistiklerine baktığınızda Türkiye'de kitap üretim rekoru kırılıyor, ama topluma baktığınızda durumun hiç de böyle olmadığını görüyorsunuz. O zaman üç ihtimal var: Ya gerçekte o kadar kitap satılmıyor ama bu bir istatistiksel veri, ya millet kitap alıyor fakat okumuyor, ya da okuyor ama okuduğu kitaplardan behresi yok; hiçbir şey anlamıyor ya da yanlış kitabı alıyor.

Yani okuduktan sonra o kendini gösterir de bizim esasen şöyle çok uzaklarda kalmış bir mutluluğu arayıp bulmamız gerekiyor. Kitap okumanın bir zevki var. Şimdi ben bunu nasıl anlatayım…

Nasıl hocam?

Yani başka hiçbir şeyde olmayan bir tattan bahsediyorum. Ben bu yaşa geldim, okumaya doyamadım. Cemil Meriç, kitapta tanıdığım insanları sokakta gördüklerimden daha çok sevdim, diyor. Okursunuz, aranızda bir aşk doğar. Çok ciddi, hayat düsturu teşkil eden kitaplardan söz etmeyeyim. Mesela otuz yıl önce bir roman okudunuz, sonra kitabı kaybettiniz, yıllar sonraysa tesadüfen elinize geçti. Eski bir dosta kavuşmanın heyecanını duyarsınız; kitabı elinize alırsınız, sarılırsınız, mutlu olursunuz. Ekrandan okusaydın böyle olmazdı, mümkün değil. Kitabı kitap gibi okumanınsa böyle bir gizemi, böyle bir tadı ve böyle bir kokusu var. İnsanımızın da günümüzde buna çok ihtiyacı var. Kitap insanlaşmak demektir. Şöyle deniyor ya: İnsan okur. İnsan dediğin okur yani, robot değiliz ki biz; ver, yükle, programlandığı gibi hareket et filan...

Esasen günümüzde insanlık değerinin arka plana itilmesi, insanın makineleşmesi, robotlaşması eğilimi var. İnsanın sadece maddi ihtiyaçları olsun, alışveriş yapabilme kabiliyeti olsun, kredi kartından para çektirebilsin... Başka bir şeye ihtiyacı yokmuşçasına, zalimce bir yaklaşım ve bakış açısı bu. Kapitalizmin kurduğu böyle bir baskı hâkim. Bizimse buna karşı şanlı bir direnç gösterme ve insanlığımızı koruma meselemiz var. Okumak insanlığı koruma meselesidir ve çok ciddi bir iştir.

Canımı sıkan laflardan biridir; boş zamanlarımda okuyorum diyor. Abi sen dolu zamanlarında ne yapıyorsun? Bundan daha ciddi, daha dolu ne olabilir? Okumak başlı başına bir iştir, ciddi bir iştir, bir hayat tarzıdır. Kaç kişi dikkate alır, etkilenir de böyle bir yola cesaret eder bilmiyorum ama bir kişi de olsa buna değer derim ben. Olur olmaz işlerde geçirdiğimiz zamanlarımızı şöyle bir hesap etsek... İnsanlar haftada iki defa AVM'ye gidiyor mesela, günde beş saatten on saat orada kalıyor, lüzumsuz bir on saat geçirdiklerinin farkına bile varmıyor. İki de dizi seyrediyorsa dörder saatten sekiz saat... Hepimizin her hafta boşa harcadığı ortalama on sekiz saat var. Haftada on sekiz saatinizi vererek en çok beş sene içinde, üzerinde durduğunuz konu her ne ise, o konunun uzmanı olursunuz.

| Hakikaten öyle...

Bana şöyle diyorlar: Şiir ezberlerini nasıl yapıyorsunuz, herhâlde bu bir kabiliyet... Sen benim gösterdiğim gayretin yarısını göstersen, benim harcadığım emeğin yarısını harcasan bu meseleye benden fazla vakıf olursun. Fakat kendi hayatını gözden geçirmiyorsun, dolduruşa geliyorsun. Gelme ya gelme, harcatma hayatını! Senin başka bir sermayen yok zaten, ömrün bitiyor, elindeki kar gibi hızla eriyor. Ömrünü en tatlı, en güzel, en verimli biçimde değerlendirmek senin sorumluluğun. Ha, değerlendirmezsen de bunu senin için kimse yapamaz zaten. Dünyada gelişmesinden ve üzerindeki etkinden emin olabileceğin tek kişi var: sensin! Bizim okumaya yönelmemiz, kitaplarla haşır neşir olmamız, insanlığımızı kurtarmamız gerekiyor.

Ben okumayı sevmiyorum diyen ciddi bir kalabalık, ciddi bir topluluk var. Okumayı sevmiyorum, on sayfa okuyunca bunalıyorum, uykum geliyor diyor. Kitapla mı iletişim kuramıyor, buradaki sorun ne hocam?

Yapacak bir şey yok, bu bir sorun değil, bu bir itiraf. İnsanlıktan istifa ayıbı... O ihtiyacı duymuyor. Okumaya ihtiyaç duymayan birine ne diyebilirsiniz ki? Ona nasihat kâr etmez. Yani biz niye çok okuduk veya okuyoruz -çok sayılıyor bizim okumalarımız? E ben ıstırap çektim, acısını duydum, hasretini çektim. Çölde susuz kalmışçasına aradım, bulunca da kana kana içtim. O yüzden bu heyecanı gençlerimize aktarma isteği var bende; onun için anlatıyorum, kendimi parçalıyorum ama böyle bir arzu yoksa yapacak bir şey de yok.

Arzu dediniz ya hocam, Hazreti Sümeyra binti Ubeyd, Medine döneminde Müslüman oluyor. On üç yıllık tebliğ sürecinden sonra Efendimiz (s.a.v.) hicret edince, onun Mekke'de neler yaşadığını merak ediyor. Kitap yok ki okusun; hani siyer yok, Google

yok, Wikipedia yok... Bunu nasıl öğrenirim, acaba orada başlarından ne geçti, hicret edene kadar ne bedeller ödediler diye düşünüyor. Sonra kendince bir yol buluyor. En iyisi bir muhacirin evine temizliğe gideyim, onun hayvanlarına bakayım, bunun karşılığında muhacir, Efendimiz'in (s.a.v.) Mekke'de neler yaşadığını bana anlatsın diye düşünüyor. Sadece yeni bir cümle duyabilmek için...

Ve duyuyor, öğreniyor...

Ve öğreniyor. Öğrendiklerini çocuklarına aktarıyor. Üç oğlu Avf, Muaz ve Muavviz şehit oluyor. Arkasından kocası Haris ve babası Ubeyd şehit oluyor. Sonra bir daha evleniyor, Allah dört evlat daha veriyor, onlar da şehit oluyor. Belki de hepsi, Hazreti Sümeyra binti Ubeyd'in yerleri süpürüp karşılığında Efendimiz'in (s.a.v.) Mekke'deki hayatını öğrenebilmek için ödediği bedelden dolayı şehitlik makamına kavuşuyor. Biz ise yanımızdaki çeşi çeşit siyer kitaplarını, onları da bırakın, elimizin altındaki interneti kullanıp bir şey öğrenmenin peşine düşmüyoruz. İşte bu, dertten mahrum olma meselesidir.

Efendim, biz 80'li yıllarda kendimizi tanımaya başladık. Yani yirmili yaşlarımız 80'li yıllara denk geliyor. O zamanlar işittiğimiz şey şuydu, ilimdeki ve öğrenmedeki değer kaybı şöyle ifade edilirdi: "İlim sudurdan sutura düştü, zayi oldu." Sudur, sadırın çoğulu, yani göğüsler, kalpler. İlim ve feyiz kalpten kalbe intikal ederdi, kalpten kalbe akardı; satırlara yani kitaba düştü, zayi oldu. Bakın zayi oldu, boşa gitti, harcandı diyor. Yani bugün erişilmez gördüğümüz, çok yüksekte gördüğümüz kitaptan öğrenme keyfiyeti bir zamanlar zayi olmanın karşılığı idi. Bugünse kitabın zayi olması ve yerine teknolojinin geçmesi gibi bir insanlık problemiyle karşı karşıyayız. Nereden nereye! Yani şimdi, modern dünyada kaçımız kalpten kalbe intikal eden bir şeyi anlayabilir ya da kalpten kalbe giden bir şeyin varlığından haberdardır?

| **Anlamıyorlar da zaten, inkâr ediyorlar.**

İşte, mesele o zaten, insan kendini inkâr ediyor. Burada iki şey hatırıma geliyor, iki şairin ifadesi... Veysel Öksüz şöyle diyor: "Kendisin inkâr eder hep aşkı inkâr eyleyen." Tek mısra. Yani aşkı inkâr eden, kalpten kalbe intikal eden bu değeri inkâr ederken kendisini de inkâr etmiş olur. Peki, bakın Keçecizâde İzzet Molla ne diyor:

Olur rencîde-hâtır geçse gönlümden dahi vuslat
Nihân bir yol mu vardır hâtır-ı cânâna gönlümden

İç içe rumuz iç içe şifre. Hatırı rencide oluyor sevgilimin, o yârin; kırılıyor, inciniyor kavuşmayı hatırımdan geçirdiğimde bile. Acaba söylemediğim hâlde bu ona nasıl geçiyor, kalpten kalbe gizli bir yol mu var? Tabii bilip de bilmemezlikten gelen bir sual biçimi bu, ona işaret ediyor. Sevgilinin gönlü incinir, sevgili incinir yani. Naziktir, incinir. Fuzûlî bu noktada sevgiliye der ki, sevgiliyi güle ve kendisini dikene benzeterek, dikenle beraber olmak güle zarar vermez. Hatta dikenden ayrılan gül pejmürde olur, dağılır. Yani senin güzelliğin benimle zâhir olur diyor. Ey gül, benimle birlikte olmaktan utanıp da uzak durma. Zira dikenden ayrılan gül darmadağın olur:

Gözümde mesken et hâr-i müjemden ihtirâz etme
Gül-i handâna her dem hâr yâr olmak zarar vermez.

Sohbetimden âr edip ey gül beni terk etme kim
Gül olur efsürde terk-i sohbet-i hâr eylegeç

Yaptığımız şey şudur: Kalbin varlığı, ruhun varlığı, insanın manevi cihetinin varlığı inkâr edilme noktasındayken, okuyarak insanlığımızı hatırlamak ve kalpte bir ışık yakmak. Tabii ki zor olduğunu biliyoruz, elbette zor, ama imkânsız olmadığı gibi elzem de! Günümüzün insanlık problemi. İşte onun için bu noktaya temas ediyor ve ısrarcı oluyoruz. Ben konferans salonlarında bizi dinleyen, salonu dolduran yüzlerin, binlerin her denileni anlaması ve alması beklentisinde değilim. O kadar iyimserlik fazla olur. Herkes bir şey alır, kimse boş dönmez tabii ama esas şey insanın içine bir ateş düşmesi ve kalbinin yanmasıdır.

| **Acaba mı, deyip derde düşmesidir…**

Bu, salondaki beş kişide, on kişide olur.

| **Ama buna değer, değil mi?**

Değer, bir kişi için bile değer. Allah aşkına; Allah Teâlâ'nın resulü, habibi, en sevgilisi (s.a.v.) yedi sene anlattı. Yedi senede kırk kişi iman etti. Yer gök nur iken, Allah'ın sevgilisi konuşur anlatırken, sayısız mucizeler gösterirken; insanoğlu ne kadar zor bir çamaşırdır ki bunlardan sadece kırkı evet diyebildi. Sonra açıldı yelpaze; Hz. Ömer zamanında İslam üç kıtaya yayıldı tamam ama başlangıç böyleydi işte. Yani *take off* durumu.

İnsanlığın kaybolması probleminin ilacıysa eserlerimizdir; insanlık tarihi boyunca hep o hizmeti yürütmüş, saymakla bitmez âlimlerimiz ve büyüklerimizdir çare. Onlardan bir işaret alabilmek içindir bunca telaş. Yani yaygın bir eğitimden, öğretimden bahsetmiyorum azizim. Bunun derdine düşen, talep eden üç beş kişi, aradığımız bu. Fakat siz yine ajite edici sözlerime bakmayın, enteresan bir durum da var. Ben gençlerin gözünde görüyorum! Onlarda bir arayış, bir bekleyiş var... Bunlar âdem evladı ya, Müslüman evladı...

| **Yani bu kadar boş olsalar, Hayati İnanç'ın programında 17-25 yaş arası bin tane, iki bin tane gencin ne işi var? Konsere gider bu çocuklar, internette sörf yapar... Demek ki bir arayış, bir susamışlık var ama belki de arayışlarına muhatap bulamıyorlar. Mevzu sadece gençler değil, talep edenler değil; arz edenlerde de bir sorun var. Biz arz edemiyoruz demek ki. Arz, talebi karşılamıyor.**

Elbette! Ufacık bir işaret görünce, kokusunu duyunca geliyor işte! Çiçeklere toplanan arılar gibi geliyor; bu hâl beni hem sevindiriyor hem korkutuyor. Demek ki sorumluluğumuz çok büyük, işimiz çok ağır; bu zamanda böyle bir durum zuhur etmiş, elimizden geleni yapacağız...

| **Şimdi de diyorsunuz ki, iyi ki okumuşum...**

Ya, iyi ki okumuşum, tabii! Hatta etrafımdaki insanlarca tenkit edildiğim olmamış mıydı, olmuştu. Oğlum çok eziyet ediyorsun kendine, dur bir yavaş, diyorlardı. Ama ben yanıyordum, başka bir çare bulamıyordum ki! Ancak İmâm-ı Rabbânî hazretlerini okursam nefes alabiliyordum! İmam Gazâlî hazretleri başımı okşayan, beni teselli eden bir baba gibiydi. Başımı dizine koyduğum, bana şefkat gösteren bir ana gibiydi. Ben İmam Gazâlî hazretlerinin *Kimyâ-yı Sa'âdet* isimli kitabının kucağında yetiştim yahu. Abdülkadir Geylânî hazretlerinin kitaplarını okudum ve ben onunla tanıştım ya! Allah Allah! Tanışmak illa yüz yüze gelmek midir?

Okumak demek, yazarla okuyucu arasında bir kanal kurulması demek. Eskiler bunu çok güzel formüle etmişler: "Mükâtebe nısfı mükâlemedir." Yani onunla konuşmanın yarısına tekabül eder. Elbette o hazretin karşısında bulunmak, talebesi olmak, bizzat gözlerine bakıp alacağını almak çok büyük bir nimet, kıymet; ama olmuyorsa yazdığını okumak da bunun yarısıdır. İşte tavsiyelerimiz ve vasiyetlerimiz bu doğrultuda, kendi tattığımdan gençler mahrum kalmasın diyedir.

| **O zaman sizin babanızın evinde ya da kendi kütüphanenizde *Müzekki'n-Nüfûs, İhyâü Ulûmi'd-Dîn, Mektûbât-ı Rabbânî, Tenbîhü'l-Gafilîn* gibi kitaplar vardı.**

Tenbîhü'l-Gafilîn yoktu, onu sonradan edindim.

Bunların hepsi benim babamın kütüphanesinde de vardı, ben de öyle bir evde yetiştim.

Evet, eskiler böyleydi işte.

Ama kendi kütüphanemi düşündüğümde bu kitaplar var fakat kenarda duruyorlar; önce Dostoyevski, Tolstoy vs... Acaba önceliklerimizi doğru belirleyemiyor muyuz?

Almamız gerekeni aldıktan sonra Dostoyevski, Tolstoy, Şolohov iyidir, muhayyileyi genişletir. Diğer saydıklarının ve bunların da özetinin özeti olan *Mızraklı İlmihal* ise temeldir. Bu yoksa diğerlerinden de bir şey alınamaz. Yani bahsettiğimiz şey yaşanabilir; yolunu şaşırma, kafanın karışması durumu gerçekleşip kaotik bir ortam oluşabilir. Temel bilgileri edindikten sonraysa bu saydığınız klasikler veya saymadıklarınız -Cengiz Aytmatov, bizim klasiklerimiz, ne kalemler var ne kalemler- okunmalıdır. Yani önce bir temelin olacak, o altyapı sağlanacak, fore kazıkları yerine oturacak ki diğerlerinden istifade etmek mümkün olsun.

Öyleyse bir arifin yazdığı kitabın başına oturmak aslında sadece zihni doyurmak değil, aynı zamanda onun dizinin dibine oturup bütün himmetin ve feyzin sana doğru akması, kalbinin doymasıdır.

Tabii, aynen öyledir. Denildiği gibi onu okumak; onunla görüşmek, konuşmak gibidir. Yarısına tekabül eder. Biz de onu formüle ediyoruz: Kitabını iki saat okuduğun zaman, onunla bir saat beraber olmuş gibisindir. Bu kaçırılacak bir nimet değil ve başka bir yol da yok. Eskiler ne güzel söylüyorlar: Siz abdest almayı kitaptan öğrendiniz, biz hocamızın eline su dökerek öğrendik.

Ya... Ne kadar güzel söylemişler.

Yemek yemeyi ondan öğreniyorsun, oturup kalkmayı ondan öğreniyorsun, bakışı ondan öğreniyorsun... Yahu adama bir bakarsın ayarı bozulur, günlerce hasta gibi dolaşır, bakış önemsiz değildir. Ondan bakmayı öğrenirsin, edebi öğrenirsin, insanlığı öğrenirsin, kusurunu görürsün, anlarsın, gözün yaşarır, ağlarsın... Bunlar bizim insanlığımız... Hani nerede?

Ben böyle kitaplara ilk başladığımda okuma yapmak için bazı evlere gidiyorduk. Duvarda patlıcan, biber, buğday resimleri vardı hocam. Ben de diyordum ki abiler ne kadar nebatat hastası, herhâlde Ziraat Fakültesi'nde filan okuyorlar... Sonra bir okumaya başladılar, bir anlatmaya başladılar, anladım ki onlar bu resimlere bakarak tefekkür ediyorlar, ağlıyorlar. Bizim evdeki kedi halının kenarına kıvrılıp yatınca şimdi ben kendimi ağlarken buluyorum. Diyorum ki işte dünya bu ya, bu, benim kedinin yaptığı... Nerede yorgun düşerse oraya kıvrılıyor; kendine ait iki tane kabı var, birinde mama birinde su; başka da dünyalık hiçbir şeyi yok. Ağzını açıp tek kelime etmiş de değil bugüne kadar. İşte dünya bu kadarına değer, daha fazlasına değil. Kendi edindiğim mala mülke bakıyorum da boş... Aslında Cenâb-ı Allah'ın "ikra" diye buyurduğu, büyüklerin "okuyun" diye nasihat ettikleri şey sadece kitabı değil; kâinatı

okumak, umutları okumak, evreni okumak, insanı okumak, evladını okumak, hayvanı okumak... Burada külli bir okuma söz konusu, değil mi?

Ve son tahlilde kendini okumak! Her kitapta kendimizi okuruz, diyor Cemil Meriç. Kırk yılı geçmiş, *Kimyâ-yı Sa'âdet* okurken aldığım lezzet damağımda. Neydi peki o? Yani ben bir hayal mi gördüm? Halüsinasyon mu gördüm? Hayır efendim, hayır. Ben yaşadım, ben o zaman yaşadım! Çocukluk anavatandır. Şimdi ayağım tökezlese de -nitekim insan hata da ediyor, pişman da oluyor- döneceğim yeri biliyorum, bir adres var, tutunacağım bir dal var. O kitabı okurken şöyle bir hâl tadarsın; hazret burada olsaydı nasıl davranırdı diye düşünürsün. Eskiler buna râbıta-i telebbüsiye diyorlar. Ona giyinmek, onun elbisesine bürünmek...

| **Çok güzelmiş... İlk defa duydum.**

Mesela bir şeyle karşılaştın; olur ya kavga var veya bir müzakereye oturdun. Onun ahlakını bildiğin için aklından o ne yapardı diye geçirip öyle davranmaya çalışırsın. İslam âlimlerinin kıymetli eserlerine göre istikamet almanın yanında biraz da şairane şeylerden bahsedeyim. Mesela ben Nâbî'yi artık çok iyi tanıyorum. Nâbî merhumun meselenin neresinden bakacağını, meseleyi nasıl değerlendireceğini tahmin ediyorum. Onunla çok meşgul oldum, mısralarıyla çok oynadım, lezzet aldım. Zaten beytin başında lafı nereye getireceğini aşağı yukarı kestiriyor insan; haa, Nâbî'ce bakış böyledir, bunu şöyle yorumlar diyorsun.

| **Artık o yazarla tanışmış oluyorsunuz, huyunu suyunu biliyorsunuz...**

Tabii, asıl tanışmak da budur zaten. Huyunu suyunu biliyorsun. İşte kitaplarda büyük ruhlarla tanışır, onlarla yoldaş olursun. Kitap insana bunu kazandırır. Ben uzun yıllar boyunca İmam Gazâlî hazretleri burada olsaydı meseleye nasıl bakardı dedim, bu gayriihtiyari olan bir şey, yani kendini zorlamıyorsun, aklına geliyor. Çünkü o sana hadiseyi öyle bir anlatıyor ki onun bakış açısına imreniyorsun, özeniyorsun. İnsan benzemek istiyor tabii.

On beş yaşında ya vardım ya yoktum. Etrafıma garip garip bakardım; aile büyüklerim, okuldaki hocalarım veya hürmet ettiğim filanca amca, filanca dayı... Onlara bakar ve bu kitabı görmediler mi, gördüler de anlamadılar mı diye hayıflanırdım. Onlara saygı duyuyordum ama böyle bir kitap buradayken bu insanlar nerede diye şikâyetlenirdim. Bilir misiniz bilmem, Numan Kurtulmuş'un dedesinin, onun da adı Numan Kurtulmuş, bir *Amentü Şerhi* vardı. O zamanlar o kadar yaygındı ki...

| **Her evde vardı.**

Her evde vardı. Ne güzel! Kabir hayatını, ahiret hayatını detaylarıyla öğrenir, meselenin âdeta içinde yaşardık. Böyle soğuk değildi dünya, hayat da bu kadar acımasız değildi.

| **Rahmetli babam ve büyük abim, Ebü'l-Leys es-Semerkandî hazretlerinin *Tenbîhü'l-gafilîn* ve akabinde *Bustânü'l-'ârifîn*'ini kucağıma verdiğinde on beş yaşındaydım hocam. Düşünün nasıl hiçbir şey alamamışım bu yaşıma kadar...**

Yok yok, estağfurullah. Gördün işte, nimet bu, maşallah, ne güzel. Şimdi bizim gençlere bunlardan birer kırıntı sunmamız gerekiyor. Bu çalışmamız da bunun için; yani bu kitap da bütün faaliyetler de gençlere bir şeyler tattırmak için. Lafını etmekle olmuyor, koluna girip hadi gidelim diyeceksin.

Aynen öyle. Bana yol gösterme, elimi tut, birlikte gidelim de. Peki hocam, şunu da ekleyelim, özellikle altını çizelim. *Kimyâ-yı Sa'âdet* gibi, *Müzekki'n-Nüfûs* gibi eserlere çok iyi bir söz mühendisliğinin, çok güzel bir edebiyatın ürünü vs. demek hem müellife hem de kitaba zulümdür, değil mi? Çünkü oradaki sırrı görmezliktir bu. Zamane edebî malumatfuruşluğuna indirgemektir.

Zeten hiç ilgisi yoktur; yalındır, hikmettir, basit cümlelerdir. Süs ve tasannu yoktur. Mesele samimiyettir, mesele içtenliktir. Kalp, Allah evi; iman orada, aşk orada, sevgi orada, muhabbet orada... Kalbî olmak demek samimi olmak demek. Samim: iç, samimiyet: içtenlik. İnsanların, gençlerin -senin de söylediğin gibi- göz göze bakma problemi var. Bakamıyor çocuk. Hele şimdi yeni çocuklar, Z kuşağı mı diyoruz, onlar... Ne oldu, ne yaptık biz? Teknolojinin kucağına düştük. Çocuk ekran mahkûmu oldu. Bir yol bulmalıyız ve bir şekilde bu çocuklarla göz teması kurabilmeliyiz.

Mustafa Akkad'a *Çağrı* filmini niçin çektiklerini sual ettiklerinde verdiği cevap, bence bugün, bu gençlerle nasıl göz teması kuracağımızın en güzel reçetesi

hocam. Mustafa Akkad şöyle diyor: Bir derdim vardı, yanıyordum. İnsanlara söyleyecek bir hakikatim vardı fakat ben anlattığımda hiç kimse bana bakmıyordu; herkesin gözü sinema perdesindeydi. Ben de başlarını bana çevirmelerini beklemeden onların baktığı yere geçip hakikati oradan anlatmak için sinema filmi yaptım. Dolayısıyla burada belki büyüklere düşen vazife, gençler başlarını çevirmiyorlarsa bile, o hakikatleri onlara baktıkları yerden -YouTube'a bakıyorlarsa oradan, Netflix'e bakıyorlarsa oradan- vermek. Bu zamanda, sizin bizim yaptığımız gibi sahneyse sahneye çıkmak, konferanssa konferans vermek, televizyonsa televizyonda olmak.

Yani bir Türk büyüğünün dediği gibi mi? Geleceğin sadaka-i câriyesi data cinsinden olacak diyor.

| **Ben öyle düşünüyorum hocam, böyle inanıyorum.**

Doğru düşünüyorsunuz.

| **Onların baktığı yere geçmek gerekiyor.**

Onları buraya bak diye zorlamamak…

| **Evet, biz onun karşısına geçeceğiz. Arada kafamızı çıkarıp bak şöyle de bir şey var diyerek hakikati söyleyeceğiz.**

Evet, hesap veremeyiz yoksa. Haberin vardı, söyleyebilirdin; seni ciddiye almışlardı, seni önemsemişlerdi, imkân da vardı, konferans salonlarına geliyorlardı, YouTube'tan da seni takip ediyorlardı… Sen onlara ne verdin?

11

"Kalbe, küfre dair bir hatar geldiğinde sahibi rahatsız oluyorsa, huzursuzluk duyuyorsa bu imanın kuvvetine delildir. Ha, demek canlı ki kalp itiraz ediyor. Huzursuzluk duymazsa korkmak gerekir, kalp ölmüş demektir."

Önce imandan, sonra namazdan, sonra da tövbeden bahsetsek doğru olur mu hocam? Arifler derler ki hilkatin en büyük gayesi ve fıtratın en büyük neticesi iman-ı billâhtır. İnsanın bu dünyaya gönderilişinin temel gayesi budur. Nedir iman peki, ne anlamalıyız imandan?

Allah'a iman... Evet, O bizi kendisine kulluk etmemiz için yarattı ve bunu ilan etti. O'na kulluk etmemizin ilk şartı, olmazsa olmazı ve en mühim unsuru imandır. Gayba iman; gördüğüne değil, gayba... O ki vardır, o ki vardır, onu bilmek bu kadardır. Eskiden kocakarı imanı diye adlandırdıkları şey; böyle çok bilerek, entelektüel çıkarımlar filan yaparak değil, safiyane...

Masumca.

Masumca O'na inanmak. Her şey O'nunla başlıyor. O'nun her şeyi, bütün sırlarımızı, kalbimizi, niyetlerimizi bildiğini bilerek iman. O'na inandığınız zaman diğer bütün emirler ve yasaklar da devreye giriyor. Yoksa iman sahibi olmayan için böyle bir şey söz konusu değil, ona her şey serbest.

Yani aslında iman etmek bir mesuliyetin, bir sorumluluğun başlamasını kabul etmek demek.

Peşinen kabul etmektir ve saadetlerin en büyüğüdür. "İmandır o cevher ki ilahi ne büyüktür / İmansız olan paslı yürek sinede yüktür" demiştir şair. O'nun bildirdiklerine, O'nun rızasının talep edilmesi gerektiğine, uyamasa bile O'nun emrinin uyulması gereken emirler olduğuna kalben inanmak ve bunda samimi olmak... Derler ya; kalp ile tasdik, dil ile ikrar. Her şey bununla başlıyor; dünyaya gelme sebebimiz de bu. Son ânı kurtarmaktır mesele.

Derler ki, "Cahiller cennetten yer beğendi, arifler son nefesten korktu." Son nefeste imanlarını kaybetmekten korkuyorlar. Kalp "dönek" demek, kelime manası bu. Allah Teâlâ'nın resulü, sevgilisi, insanların ve bütün mahlukatın en üstünü (s.a.v.) dedi ki, "Allahümme yâ mukallibel kulûb sebbit kalbî 'alâ dînike. Yani, "Ey kalpleri hâlden hâle çeviren Allah'ım, kalbimi senin dinin üzere sabit kıl." Ashâb-ı kiram çok şaşırdı. "Sen de mi ya Resulullah, sen de mi korkuyorsun?" diye sordu. "Mekr-i ilahiden beni kim temin eder?" buyurdu. Yani beni, Cenâb-ı Hakk'ın aldatmasından, hileden kim korur, kim emniyet verir? Bu tabii bizim için bir işaret, bundan korkmak lazım. İman küfrü bilenlerdedir, küfür de üç türlüdür: Biri var inat küfrü, biri var cehalet küfrü yani küfr-i cehlî, biri de var hükmî küfür yani küfr-i hükmî.

Küfrün de çeşitleri var demek ki. Biraz daha somutlaştırabilir misiniz hocam, aralarındaki fark nedir?

Mesela futbol maçının günü, saati belli. Takımlardan biri sahaya çıkmadı ve maç oynanamadan iptal oldu. Santrada bir vuruş dahi yapılmadı, takım hükmen 3-0 mağlup sayıldı. Ne oldu? Bazen Müslüman, bilmeden küfre sebep olan şeyler söyler veya yapar. Bu hükmî küfürdür. Kendisi bilmez ama imanını kaybetmiştir. Böyle bir tehlike müminler için varit.

Biri var, babadan dededen gördüğü şekilde yaşamış. Cehaletle yolunu kesenler var, "katı'-ı tarîk-i ilahi" derler, yol kesiciler; onlara aldanmış, mahrum kalmış. Cehaletle kâfirdir, buna küfr-i cehlî denir.

Biri de var inat; iblisin küfrü nasıl bir küfürdür? Bilmiyor mu, biliyor. Her şeyi biliyor ama inatla küfrediyor. Ebû Cehil'in küfrü nasıl bir küfürdür? "Ey Muhammed, senin peygamber olduğun apaçık meydanda ama ben sana iman etmeyeceğim," diyor. Bal gibi biliyor. Demek ki imanı iyi anlamak için iyi kavramak; korumak için de küfrü tanımak gerekiyor. Küfür nerelerdedir, nasıldır? Eskiler buna çok önem vermişler. Temel eserlerde ısrarla küfre düşürücü şeylere işaret etmişler, hatta tane tane, madde madde yazmışlar. Ayrıca dikkat çekilmesi gereken önemli bir konu bu.

Şimdi, imanda samimiyet bazen şöyle düşündürüyor beni; yenilerin konsantrasyon dedikleri şey var ya, biz odaklanma diyelim. İşte bazı insanları işlerini yaparken öyle odaklanmış görüyorum ki ben dinime ne kadar konsantreyim, odaklanmam ne seviyede diye ürperiyorum. Dâvûd et-Tâî hazretlerinin, "Kediyi fare beklerken gördüm de utandım," demesi gibi. Öyle bir dikkat! İmanın kuvveti orada kendini gösteriyor işte. Sizi gören yok, kınayacak olan yok, yalnızsınız, belki hiç kimse bilmeyecek ama sizi tutan bir şey var. Metafizik ürperti derler. İşte bu Allah inancıdır, ahiret inancıdır, gayba imandır ve insanı yalnızken de bir hudut dâhilinde tutar; azdırmaz, hata da etse isyan ettirmez; kişinin boynu bükülür, vazgeçmeye, tövbe etmeye meyleder.

İman şekil alsaydı namaz olurdu demişler. Namaz burada da muazzam bir gösterge olarak karşımızda. Büyük bir imkân, ihsan ve hediye olarak sunulmuş bize, demek ki o kadar elzem; günde beş defa, yaz ve kış, gençlikte ve yaşlılıkta, bir vuslat, bir hatırlatma, bir kendine gelme, bir inşa, her şeyi arkaya atıp, her şeyi geride bırakıp huzurda durma! İnsan namazı ne kadar düzgün kılar, ne kadar özenirse imanı da o şekilde kuvvetlenir. Mesela ariflerden biri imanı kalpte muhafaza etmek için şöyle söyler: "İmanıma saldıracaklar diye söğüt yaprağı gibi titriyorum." Demek ki bu, saldırılan bir şey; buna hücum var. Bir yerde hazine varsa oraya hücum olur. Peki nereden gelir bu hücum? Derler ki şeytan seni günaha teşvik ederek saldırır, onun saldırılarında hedef budur; günaha yönlendirir, başarabilirse. Hâlbuki nefis küfre yönlendirir, çünkü kâfirdir, Allah'a düşmandır, ortaklığa bile razı değildir; tek emir, hüküm ve söz onun olsun ister. Böylelikle imandan en çok rahatsız olan o olur. Kalpte iman var, nefiste küfür var. İki kişide kalp rahat olur: evliyada ve eşkıyada. Evliyada kalp duruma hâkimdir, orada nefis dizginlenmiştir, sulh ve selamet vardır. Eşkıyada durum tersidir; ölmüş eşek kurttan korkmaz derler. Zavallı kalp ölmüştür ama öldüğünü bile bilmez, etkisizdir, kararmıştır, teslim olmuştur, tefessüh etmiştir. Burada da asayiş berkemaldir. Ama ikisi de diriyken -kalp ve nefis- kavga gürültü olur.

| **Ve bu hayra alamettir.**

Hayra alamettir. Kalbe, küfre dair bir hatar geldiğinde sahibi rahatsız oluyorsa, huzursuzluk duyuyorsa bu imanın kuvvetine delildir. Ha, demek canlı ki kalp itiraz ediyor. Huzursuzluk duymazsa korkmak gerekir, kalp ölmüş demektir. Bundan kurtuluş, yani bu harbin sonuçlanması, sulha ulaşması bir yolla olur: ölüm. Ölüm ise iki türlüdür. Birincisi herkesin bildiği şekliyle ruhunuzu teslim edersiniz, sizi yıkarlar, defnederler, artık orada kavga gürültü olmaz, savaş bitmiştir. Bir de Peygamber Efendimiz'in (s.a.v.) işaret ettiği "ölmeden evvel ölmek" vardır ki işte bu ölüm "olunuz" demektir, ermek demektir. Ölmeden evvel ölünce nefis geri çekilir, etkisizleşir. Onun zararlarından kurtulunmuş, kuvvetli iman sahibi olan kalp vücut memleketine hâkim olmuş, sükûn sağlanmıştır.

Şu noktayı kavramakta fayda var, bir ariften dinlemiştim, şöyle anlatmıştı: Otuzlu kırklı yaşlarında bir tanıdığınız vardır, gördüğünüz ve bildiğiniz. İleriki yaşlarında alışılagelen davranış tarzı, ahlakı ve duruşu değişmiştir. Yani yaşı altmış, yetmiş olduğunda dışarıdan bakar ve, "Yahu bu adama ne oldu, çok değişti," dersiniz. "Aslında cömertti, cimri oldu; tatlı dilli güler yüzlüydü, sert mizaçlı oldu;

yaşlandıkça aksileşti." Dışarıdan görünen budur ama işin aslı şudur: Gençken de o kötü haslete sahipti fakat rol yapabiliyordu, direksiyon hâkimiyeti iyiydi, maske takabiliyordu, içindeki cimriliği bastırıp cömert görünebiliyor, içindeki öfkeyi bastırıp merhametli davranabiliyordu. Ama yaşlandıkça kontrolü azaldı, direksiyon hakimiyeti yüzde seksenden yüzde otuza düştü, içindeki kötü ahlak ve kötü sıfat açığa çıktı. Yani mevcut olan bir şey görünür oldu.

Adam sonradan böyle olmadı yani...

İçinde vardı, örtebiliyordu. Bunun mühim kısmıysa şu: Ölüm ânında kontrol ve direksiyon hâkimiyeti sıfıra iner, yani içinizdeki neyse o açığa çıkar. Eğer kalp o âna kadar mutmain bir imana kavuşmadıysa Allah korusun... Ölüm ânı çok tehlikelidir. Son nefesten korkmak bu yüzdendir işte. Hiç numara yapamazsınız, her şey olduğu gibi ortadadır. Bu dehşet verici bir şeydir.

"Nasıl yaşarsanız öyle ölürsünüz, nasıl ölürseniz öyle dirilirsiniz, nasıl dirilirseniz öyle haşrolunursunuz"dan anlamamız gereken bu mu?

Elbette. Yani o âna gelene kadar işi halletmen lazım. Ölüm kapısına gelmeden önce olması gereken o tabii hâle bürünmelidir insan.

Bunun bir ölçüsü var mı peki hocam, yani ne zaman "evet, oldu" diyebiliriz ya da o hâle ermenin işaretleri, alametleri nelerdir?

Bunun işareti şu; karpuz kendi olgunlaştığını bilmez ama bostancı bilir. Her kim ki kendini bîhasıl bile, vasıldır.

Günümüz Türkçesine indirgersek kendini iyi bilen kötü, kötü bilen iyidir. Bir insan kendinde kemal görüyor ve beğeniyorsa yani kendini iyi sayıyorsa, bu kötü olduğunun işaretidir. İyiler kendilerini hep kötü bildi, noksan bildi, korktu, titredi.

Tetikteydi, "oldum" demedi.

"Oldum" demek nefsin tezgâhıdır. Dediler ki nefis öldürücü darbeyi -ki o seni kâfir etmektir; seni imandan mahrum kılmak veya imanın karşısına geçirmektir- kendisini yok farz ettiğin zaman indirir. En büyük derdi de budur. Diyarbakırlı Hâmî şöyle diyor:

Bana hiç nefs-i emmârem gibi sû'-i karîn olmaz
Bu düzd-i hânegînin kimse mekrinden emîn olmaz

Yani, bana kendi nefsim gibi kötü arkadaş ve azgın düşman bulunmaz. Nefis içerideki hırsız olduğu için kilit de tutmaz, kâr etmez. Başka düşmana ihtiyaç yok, en büyük düşmanım kendi nefsim demek istiyor. İnsanın kendisine verebileceği zararı ifade etmek için şair üstat çok güzel misal getirmiş. Mesela akrepten benzetme yaparlar. Akrebi çepeçevre ateşle sarsan, zavallı akrep etrafına bakar, çıkış yolu bulunmadığını anlayınca ters döner, kendini sokar ve intihar eder. Hâlbuki nefis böyle yapmaz. Eğer bir delik yoksa, çıkamıyorsa bile bekler, belki bir ömür boyu bekler...

Hep pusudadır.

O yüzden ömrü boyunca ibadetle meşgul olup son anda helake düşen olmuştur. O yüzden nefisten asla emin olunmamalıdır. *"O düzd-i hânegînin kimse şerrinden emin olmaz."* Her zaman bilmeli ki nefis tehlikelidir, düşmandır ve bizzat içimdedir, benim ta kendimdir! "Sen çıkarsan aradan, kalır seni yaratan." İşte o çok meşhur olan hadis-i kudsî: "Nefsini bilen Rabbini bilir." İnsan kendini tanırsa, kendisinden gelecek tehlikenin farkına varırsa, ancak o zaman Hakk'a dost olur ve son nefesini kurtarır.

12

"Kusurlu da olsak, kabahatli de olsak, hâletiruhiyemiz iyi ya da kötü de olsa, vakti geldiğinde kayıtsız şartsız huzura kabul ediliyor olmanın zevkini idrak etmek gerek."

Cenâb-ı Allah Kur'an-ı Kerim'de mükerreren, defaatle namaz kılın buyuruyor. Demek ki nefisle mücadele etmenin yollarını, formüllerini de Cenâb-ı Allah bize bir şekilde veriyor aslında. Namazla nefis arasında nasıl bir ilişki var hocam?

Zahiren baktığımızda günde beş vakit namazın abdestle beraber tutacağı süre bir saat. Yirmi dört saat içindeki bir saatlik mesaiyi kimse önemsemez, yani bu kimseye zor gelmez. Zor ve ağır bir iş de değildir. Hatta ferahlatıcı tesiri sebebiyle görünür faydaları da açıktır. Şöyle gün ortasında bir dinlenip yüzünü yıkıyorsun, yatıp kalkıyorsun filan, ferahlıyorsun. İşte bunun zor gelmesi nefistendir. Yani işin kendisi değil, mahiyeti zor, niteliği zor; namaz boyun eğmektir, alnını yere sürmektir, kulluğunu ikrar ve itiraf etmektir. "Aman ya Rabbi, ben âcizim sen yücesin," demektir;

"Ben mahlukum sen Hâlik'sin," demektir; "Ben zavallıyım sen Rabbimsin," demektir. Nefse en ağır gelen şey bu zaten. O yüzden de nefsin sürtülmesi, kontrol altında tutulması, ona haddinin bildirilmesi gerekir. Ancak insan kendi kendine aç kalarak veya kendini dünya zevklerinden mahrum ederek nefsini terbiye etmeye kalkarsa bundan fayda hasıl olmuyor. Hatta tehlikeli de olabiliyor. Doğru ilacın kullanılması çok önemli.

| **Oruç için de aynı şey geçerli herhâlde, emredildiği için insana zor geliyor.**

Tabii. Yoksa bunu perhiz için yapanlar var; otuz kilo veriyor, kırk kilo veriyor. Çok daha meşakkatli bir işi seve seve yapıyor da konu oruca geldiği zaman mırın kırın etmeye başlıyor. Mırın kırın eden de nefis!

| **Konu ibadet olunca demek ki orada bir şey devreye giriyor.**

"Kulluk" diyorsunuz ve Rabb'e boyun eğmek, Allah'a teslim olmak zor geliyor.

| **Nefis, "Dur, burası benim alanım. Gel şu konuyu bir daha düşünelim," diyor.**

Evet, evet. O yüzden istikrarla, günde beş defa kılınan namazla, her yıl bir ay tutulan oruçla nefsi kontrol altında tutmamız gerekiyor. Buna zekâtı da ekleyelim; yani malı eline aldığı zaman bir miktarını çıkarıp vermek o kadar ağır geliyor ki insana... İnsan çok zor bir yaratık. Kırkta birden bahsediyoruz, yüzde iki buçuk; dünyada hangi vergi sistemi yüzde iki buçukta kalmış? En az vergi yüzde onla, yüzde on beşle başlıyor. Ama konu zekât olunca insana zor geliyor, çünkü Allah'ın emri! Bol bol, gösteriş olsun diye, hava atmak için, imaj yapmak için, PR için para harcamak zor gelmez de zekât olarak, farz olarak onun yüzde biri mesabesinde bir miktarı çıkarıp vermek zor gelir. İşte bu nefisle mücadelenin farz mertebesindeki durumudur. Cenâb-ı Hakk'ın bize kati ilaç olarak sunduğu meşakkat görünümlü hayat vesilesidir. Yani ruhen yaşamak böyle bir şeydir. Bu aşktır. Geçen biri namaz aşktır dedi de çok hoşuma gitti. Hakikaten öyledir yani; günde beş defa yönelip, boynunu büküp, başını öne eğip aman ya Rabbi diyorsun.

Ten be-hâk-i acz olan şebnem gibi üftâdenin
Cümleden evvel yeter hurşîd olur imdâdına

Nâbî merhum şöyle diyor: Çiy damlasına bak, yüzünü yere sürdü de güneş onu aldı, buğu hâline getirerek yükseltti, göklere çıkardı. İbret al; yüzünü yere sürmeden yükselemezsin. Bize tevazu sahibi olmamız, toprakla irtibatımızı kesmememiz, alnımızı yere sürmemiz ve bunu her gün tekrar etmek suretiyle yoldan çıkmamamız tavsiye edilir. Kusurlu da olsak, kabahatli de olsak, hâletiruhiyemiz iyi ya da kötü de olsa, vakti geldiğinde kayıtsız şartsız huzura kabul ediliyor olmanın zevkini idrak etmek gerek. İbadetlerin zevkine varmak gerek. Tabii zevk kelimesini günümüzdeki sığ ve behîmî anlamıyla kullanmıyorum. Zevk ruha taalluk eden, insana yaşadığını idrak ettiren, hayatın devamını sağlayan bir manadır. "Küllü nefsin zâikatül mevt" yani "Her nefis ölümü tadacaktır." Zâika kelimesi zevkten, tat almaktan gelir. Zaten tatmadığınız bir şeyi ancak teoride söylersiniz, ikrar edersiniz, ancak içiniz yani nefsiniz bunun tersini söylemekteyse ikrar etmenin bir derinliği de kalmaz.

Belki ashabın Efendimiz'e (s.a.v.), "Cennette namaz olmayacak mı?" diye sorup "Hayır" cevabına şaşırması da bu yüzdendi. Çünkü onlar namazdan gerçekten zevk alıyorlardı.

Gerçekten zevk alıyorlardı. "Ya Rabbi kabirde müsaade ettinse bir kuluna, bana da müsaade et namaz kılabileyim," diyen zatlar vardı. Biz şimdi bunun biraz uzağındayız, en azından kendi adıma söyleyeyim, o lezzeti tatma noktasında bir yoksunluk içerisindeyiz.

Bu zevki duymak nasip mi, bir performans neticesi mi hocam?

İkisi de ama öncelikle nasip tabii. Çok kıymetli bir şeydir, Allah her kuluna nasip etmez. Namazdan zevk almak seçilmişlere, hele hele farz namazlardan zevk almak seçilmişlerin de seçilmişlerine kısmet olan büyük bir nimettir.

Namaza yeni başlayanlarda böyle bir zevk söz konusu; kendilerini güzel ve huzurlu, sanki dünyadan kopmuş ve başka bir boyutta geziyorlarmış gibi hissediyorlar. O zevk sonradan azalabiliyor ama Allah belki de, "Bak, bu da var..." diyerek o lezzetten bir tattırmış oluyor.

Bütün aşklar tatlı başlar. Elma şekeri gibidir aşk; elinize alırsınız, şekerini yersiniz, elmayı kemirir bitirirsiniz, elinizde bir kazık kalır. O lezzeti muhafaza edip meşakkatine tahammül ederek sadakat göstermektir aşk. Bütün aşklar tatlı başlar; hele dediğiniz gibi namaza yeni başlayan birinde bu lezzet kendi çapında, kendi kararınca müthiştir, üst seviyededir. Sonra bu, imtihan sırrına binaen meşakkatli gelmeye, ağır gelmeye başlar ve insan acısını duyar. İşte namaz kılmayı sürdürebilmek başlı başına bir imtihandır. Yani bugün moralim bozuk, bugün hava soğuk deme şansın yok. İmtihan her şartta devam ediyor. İnsan bir çizgi üzerinde olmalı ve orada kalmalı. Değişmesi gerekenler vardır, değişmemesi gerekenler vardır. İnsanın bir yere çakılı olması ve bir ana caddeye bakması gerekir. Namaz, işte o ana caddenin ta kendisidir. Yedisinde de yetmişinde de, gençken de yaşlıyken de o hâlet devam etmelidir.

"Israrla çalınan kapı açılır," der eskiler. Öyleyse namaza da sadakatle devam edilince eninde sonunda, mutlaka, Allah'ın izniyle, samimiyet ve ihlas şartıyla maksada kavuşulur. İman eğer şekil alsaydı, bir renge ve bir kisveye bürünseydi bu namaz olurdu. İmanın hayata izdüşümü, hayattaki görünür şekli namazdır. Onun ehemmiyetini kavrama noktasında asrımızda ciddi problem var. Sekülerlik burada da toplum olarak epey canımıza okumuş bulunuyor. Namazı bir aksesuar gibi düşünüp, "Olsa iyi ama olmasa da idare eder," şeklinde algılamaya başladık. İşte bu noktada büyük hata etmekteyiz, bu olmaz! Namaz imanın garantisidir. Namazı terk etmek, namazı ihmal etmek doğrudan doğruya imanı tehdit altına sokmaktır.

| **Yanılmıyorsam İmâm-ı Âzam Ebû Hanîfe hazretlerinin bununla alakalı bir örneklemesi vardı. "Yağmurlu ve**

fırtınalı bir gecede, sokakta, yanan mumu bir yerden bir yere söndürmeden taşımak ne kadar zorsa, namaz kılmayan bir insanın imanını muhafaza etmesi o kadar zordur," diyor. Talebeleri bunun mümkün olmadığını, mumun elbette söneceğini, neden daha kati bir ifade kullanmadığı sorduklarında Ebû Hanîfe, "Allah var, O affeder, kapıyı kapatmak bizim ne haddimize," şeklinde cevap veriyor. Ama imanı muhafaza etmenin zorluğunu da böyle uç örneklerle açıklıyor. Demek ki namaz olmadığı zaman gerçekten de o iman binası, o yapı çökmeye ve yıkılmaya matuf bir hâl alıyor.

Doğru yolun âlimleri söz birliğiyle dediler ki, "Amel, imandan cüz değil." Ancak diğer üç mezhep imamının aksine Hanbelî mezhebinin öncüsü Ahmed bin Hanbel dâhil olmak üzere ciddi seviyelerdeki birçok âlim de tek istisnanın namaz olduğunu söyledi. Hiçbir amel değil, ama namaz... Yani namazı bilerek terk edenin imanlı olmadığına dair bir kavil de söz konusu. Ahmed bin Hanbel'in namazı terk eden kâfir olur hükmü şaşkınlıkla karşılanmış. Kendisine sual ettiklerinde birçok delil sunmuş ama ben usûl-i fıkıh bilmediğimden öğrendiğim şu delili söyleyeyim: Mescid-i Kıbleteyn'de, iki kıbleli mescitte, bir namazda iki defa iki kıbleye doğru namaz kılınmıştı. Peygamber Efendimiz (s.a.v.) namaz kıldırdığı sırada vahiy geldi, Bakara suresinin 144. ayeti nazil oldu.* Bunun üzerine Peygamberi-

* "Biz senin, yüzünü göğe doğru çevirip durduğunu elbette görüyoruz. İşte şimdi kesin olarak seni memnun olacağın kıbleye döndürüyoruz. Artık yüzünü Mescid-i Harâm tarafına çevir; nerede olursanız olun yüzünüzü o yöne çevirin. Kuşku yok ki kendilerine kitap verilenler onun rablerinden gelmiş bir gerçek olduğunu elbette bilirler. Allah onların yaptıklarından habersiz değildir." (Bakara, 144)

miz (s.a.v.) kıblesini Kudüs'teki Mescid-i Aksâ'dan Mescid'i Harâm'a yani Kâbe'ye çevirdi. Müşrikler bununla, önceki namazlarınız ne oldu, onlar boşa mı gitti, zayi mi oldu diyerek alay etti. Bunun üzerine ayetle cevap geldi. "Allah imanınızı asla zayi edecek değildir."* Namaz yerine iman kelimesi kullanıldı, ayet-i kerimede bu gayet açık.

Ne kadar güzel bir nokta...

Ahmed b. Hanbel tereddüde mahal yoktur, namaz imandır, dedi. Delil çok güçlü; yani ayetten istihraç ediyor, onu delil gösteriyor. Buna rağmen dediğimiz gibi orta yolun, doğru yolun âlimlerinin çoğunluğu namaz da dâhil olmak üzere, "Amel, imandan cüz değil," dedilerse de bu, namazın ehemmiyetini idrak edip içi sızlayarak terk etme hâlinde geçerlidir. Yoksa hiçbir istisna olmadan, herkesin, topluca söylediği şey şudur: Kişi, namazın ehemmiyetini gözden düşürüp onu "adam sen de" diyerek kılmazsa, bu söz birliğiyle küfürdür. Orada tereddüt yoktur. Yani namaza ehemmiyetin doğrudan doğruya imanla ilgili olduğu, bir iman meselesi olduğu şüphe götürmez.

Kaldı ki Cenâb-ı Allah Kur'an-ı Kerim'de, savaş ânında bile ordunun nasıl cemaatle namaz kılması gerektiğine dair ayetler indiriyor.

---

* "İşte böylece, siz insanlara şahit olasınız, peygamber de size şahit olsun diye sizi örnek bir ümmet yaptık. Biz bu yöneldiğin kıbleyi özellikle resule uyanlarla sırt çevirenleri açıkça ayırt edelim diye belirledik. Bu, Allah'ın hidayet verdiği kimselerden başkasına elbette ağır gelecektir. Allah imanınızı asla zayi edecek değildir. Çünkü Allah insanlara karşı çok şefkatli, çok merhametlidir." (Bakara, 143)

Ve bunun uygulaması var. Yani hiçbirimiz bu kadar yoğun değiliz ya da canımız tehdit altında değil. Sahabenin hayatı bize işte böyle örnek oluyor; bunları bilmemiz lazım. Bütün ümmetin önderi ve örneği onlar. Sahabenin hayatı kıyamete kadar bize numunedir. Sonuç olarak namazı ehemmiyetini inkâr etmeden terk etmek küfür değildir. Doğru, iyi de, ehemmiyetini bile bile kaç vakit terk edebilir ki insanoğlu? İki, üç, beş tamam da yıllarca terk etmek nasıl mümkün olabilir, yani olacak iş midir? Durumun vahameti anlaşıldığı zaman insanın uykusu kaçar yahu. Bilerek namazı terk etmek hâlinde tertip olunan cezalar o kadar sarsıcı ki insanın tüyleri diken diken olur. Kişi, bu borcu kapatmaktan başka bir şey düşünemez hâle gelir. İman ışığını koruyan yegâne fanus namazdır. Bu, çok iyi kavranılması gereken bir hayat memat meselesidir. Geldik gidiyoruz...

1911'de vefat eden Pîr-i Sâmi Erzincan'ın çok sevilen maneviyat önderi. Onunla ilgili şöyle bir kıssa anlatılır. Talebeleriyle bir evin önünden geçerken içeriden bir kadın sesi işitiliyor. Kadın türkü söylüyor: "Al almanın başını / Topla eteğin peşini / Yalnız yatamam ben / Verin benim eşimi." Türkünün sözlerinde ilk bakışta görülen tema talebeleri rahatsız ediyor. Biri dönüp, "Hocamız geçerken bu türkü söylenir miydi be abla!" diyor. Kadıncağız mahcup oluyor. "Buradan geçtiğinizi görseydim yapmazdım evladım," diyor, rengi kıpkırmızı kesiliyor. Pîr-i Sâmi hazretleri meseleyi hemen anlıyor ve dönerek şöyle diyor: "Ablaya çıkışmayın, o bize irşad ediyor." Talebeler anlamayıp, "Nasıl yani hocam?" diye sorduklarındaysa şöyle açıklıyor: "*Al almanın beşini*: Yani bir günde, 24 saatte beş elma var; sabah, öğle, ikindi, akşam, yatsı. Bunları kaçırırsan hayatı kaçırırsın. *Topla eteğin peşini:* Kefenin yanında yaşa. Dimdik yürüyenler dümdüz yatarlar. Ölümü unutmadan yaşa. *Yalnız yatamam ben, verin benim eşimi:* Yatak kabirdir; orada yalnız yatılmaz, amel gerekir!" Pîr-i Sâmi'nin açıklamasından sonra talebeler utanıyor. Abla da belki, vay be ne laf etmişim, diye düşünüyor. Bakış budur. Velhasıl hayatın özü de bizi kurtaracak olan da namazdır.

Derler ki hocam, şu modern dünyada namaz kılmanın yüzde elli biri abdestli gezmektir. Siz yılların Müslümanısınız, yani görmüş geçirmişsiniz. Özellikle genç okuyucularımız için sizden bir tüyo istiyorum. Namaza başlamaya gerçekten niyet edenlere, "Tamam ya evet, bugün Allah'ın izniyle artık başlıyorum!" diyenlere bunun bir reçetesi, bir kolayı varsa söyleyebilir misiniz? Niyet eden adam nereden başlamalı?

Lavaboya doğru gidip hemen, ertelemeden, hiç ertelemeden oradan başlamalı!

Ya da, "Önce şu günahları işlemekten kurtulayım, ondan sonra başlayayım," diyenler?

Korkunç bir tuzak bu. O sarmal ömür boyu bitmez, insan debelenir kalır. Hemen başlanmalıdır, ölümün ne zaman geleceği belli değildir. İşin sırrı zaten orada, ölüm bizden gizlendi, aniden gelecek. Melekü'l-mevt yani ölüm meleği ansızın gelir. İnsan bunu bilerek ve her namazını son namazı bilerek nefsine bu konuda hiç taviz vermemelidir.

Ciddi olmalıdır değil mi?

Ciddi olmalıdır tabii. İşte sabah kalkıyorsun, yorganı üstünden atacaksın... Bu zor tabii, zor. Ama kriter de budur zaten. Yani köprüden geçtin geçemedin burada belli oluyor. İnsan, "Dünyadaki zulüm perdesini kaldıracağım, yırtacağım," diyor fakat sabah üstündeki yarım kilo yorganı kaldıramıyorsa acınacak bir hâldedir, oyuncak hâline gelmiştir, gülünç durumdadır, şeytanın maskarası olmuştur. Bu savaşı kendi özünde, kendi nefsinde kazanmalı; hiç değilse temel vazife olan, imanla doğrudan irtibatı bulunan namaz konusunu hâlletmeli.

Bir kere bu mevzuyu yoluna koymamız lazım, bize yakışan bu.

Bu olmadan hiçbir şey olmaz!

Dediğiniz gibi hocam, en basitinden bir insanın akil baliğ olduktan sonra Cenâb-ı Allah'ın onun yaptığı bütün hataları, günahları biliyor ve örtüyor olmasından dolayı Allah'a âşık olunur. Ve yine bunun için kul Rabb'ine karşı mahcup hisseder ve secdeye gider, gitmelidir.

Allah'la aranda kalıyor. O, senin bütün kabahatlerini öylesine biliyor ki, sen de bunlar açığa çıkarsa sana selam verecek kimsenin kalmayacağını biliyorsun. İşte Allah hepsini örtüyor.

Örtüyor ve nimetlerinden vermeye de devam ediyor. Bu kadar da vurdumduymaz olunmaz ki... Şimdiki gençlerin dediği gibi: "Adamlık bu değil be!"

Ayrıca şuna da dikkat edilmeli: Sabah vakti rızıkların dağıtıldığı huzur ve saadet saatleridir. Tembellik yapıp uzun müddet sabah vaktinde kalkmadığı hâlde insan bir sabah uygun vakitte kalkar ve güne başlarsa bunun da karşılığını görür. Mesela hiçbir patron bunu çalışanına yapmaz. Sen kırk gün vaktinde gelmeyi ihmal edip bir gün doğru saatte gelirsen bunun bir mükâfatı olmaz, kimse aferin demez. Hele bir bakalım bu kaç gün devam edecek derler, adalet de bunu gerektirir. Ama Cenâb-ı Allah ihsan buyuruyor; karşılığını alıyorsun, o huzuru hissediyorsun, o bereket, o verimlilik, o rantabilite, o prodüktivite kendini gösteriyor. Hayat prodüktif hâle geliyor. Bildiğin yirmi dört saat o gün sanki bir başka işliyor.

İnsanoğlu tabii kendisini en çok sevene naz yapar. Mesela benim yaşım altmış olmuş, şimdi memlekete gitsem, sabah namazına doğru babam hafifçe kapıyı tıklatsa ve gayet alçak bir ses tonuyla "Hayati" dese, alarmı duymayan kulaklarım onu duyar ve hemen kendime gelirim. Babaya karşı nazlanamazsınız; onun bir ağırlığı vardır, sizi hizaya sokar. Ama anam beni kaldırmak istese epey uğraşması lazım… Nedir bu? Nazdır. Sevdiğini biliyorsunuz ya, şefkat hâkimdir ya, nazlanırsınız. Anasına böyle nazlanan insan bilmeli ki onu en çok seven Allah olduğu ve kişi de bunu bildiği için Allah'a nazlanır. Nazlanıyorsun tamam da abartma!

Fazla naz âşık usandırır…

Yani usandırma… Bu merhamet Cenâb-ı Hakk'ın ihsanındandır, rahîm sıfatının tecellisidir. Bunu bil. Sana da düşen az bir gayrettir, bir adım atmaktır. "Kulum bana bir adım yaklaşırsa ben ona on adım yaklaşırım," buyuran Cenâb-ı Hakk'ı dinle yani. Dinle!

Derler ki gurbete gidersin, gurbetten küçük bir magnet, küçük bir kalemlik alırsın. Bu, aslında döneceğin evin bir ihtiyacı da değildir. Fakat bu şu demektir: Gittiğim yerde seni unutmadım. Gittiğim yerde de aklımdaydın. Arifin biri ibadetin de aynı böyle olduğunu söylüyor. Allah'ın senin ibadetine ihtiyacı yoktur ama O'nu unutmadığını ve gönlünde olduğunu gün içinde böyle küçük şeylerle göstermen gerekir.

13

"Bizler annesinin tokadından korkup annesinin göğsüne sığınan çocuk gibi Allah'a sığınırız. Bunun dışında herkes korktuğundan kaçar ama sadece Allah'tan korkan yine O'na koşar. Tövbe işte bu hâldir. O'ndan korkup O'na sığınmaktır. Bu kapı ölene kadar açıktır."

Tövbe mevzusuna geçelim hocam. Çokça konuşuyoruz ama aslında birçoğumuz, eskilerin de dediği gibi, meselenin künhüne vakıf değiliz. Sizin hakikaten hayranlıkla dinlediğim, Abdülhakim Arvâsî hazretleriyle ilgili verdiğiniz müthiş bir örnek vardı. İsterseniz oradan başlayalım.

Hayatta yapılan hatalar, demiş Abdülhakim Efendi, beyaz kâğıda kurşun kalemle yazılan hatalı yazılar gibidir ve bunun çaresi lastik silgiyle silip onu temizlemektir. Bu mümkündür. Ancak elbette yüzlerce defa aynı yerde hata yaparsanız kâğıt çok silinmekten yıpranıp delinebilir. Yine de hatanın böyle bir çaresi vardır. Fakat iki noktadaki hata var ki, iş ve eş seçimi, bunlar silgiyle silinmekle telafi olunmaz, kâğıdı yakmaktan başka çare yoktur. Allah rahmet eylesin, makamı âli olsun.

Hatadan sonra tövbe etmek, boynunu bükmek, özür dilemek, Allah Teâlâ'nın büyüklüğünü idrak etmek ve bununla beraber kendi âcizliğini de kavrayarak, "Ya Rabbi ben yanlış yaptım, ben hata ettim, sen beni affet!" demek çok tatlı bir barış hâlidir. Baba olarak bunu biliyoruz, aile büyüğü olarak bunu biliyoruz, aile küçüğü olarak da kendi babamıza, annemize karşı tavırlarımızdan biliyoruz. Hatadan sonra düzeldiğini, artık pişman olduğunu, bir daha yapmayacağını hissettirerek affa uğramak çok sevimlidir. Bu, evvele göre daha çok sevilmeniz anlamına da gelir. Hata etmemek, hiç hatası olmamak değildir mesele; çünkü insan hata demektir. "İnsan beşer, durmaz şaşar / Eyler hata, üçer beşer / Düz ovada yürür iken / Ayağını sürter, düşer." İnsan hata demektir. Mesele, hatadan sonraki duruşta. Hatadan sonra ne yapıyor; dikleniyor mu, batılı mı savunuyor, yoksa boynunu büküp aman mı diliyor? İşte o özür dileme hâli tövbedir malum. Pişman olduğunu göstermek çok yüce bir hâl, barış ve dostluğun tesisi… Bir hadis-i şerifte bildirilmiş, günahkâr bir kulun tövbe etmesi hâlinde Allah Teâlâ'nın nasıl sevindiği izah ediliyor. Bu muazzam bir şey! Allah'ın sevinmesi hâli ne demek… Hiçbir şeye muhtaç olmayan, gani olan Allahü azîmü'ş-şan sen tövbe edince seviniyor; işte bu, aşkın şahididir. Seni seviyor yani, seviyor… Hem de nasıl seviliyorsun ki günahından kurtuldun, tövbe ettin diye Rabbin seviniyor.

Demek ki seni yakmak için yaratmamış Cenâb-ı Allah, seni nimetlendirmek için yaratmış ki seviniyor.

Şöyle bir kıssa anlatırlar: Bir Allah dostunun sevip sayanı gittikçe artıyormuş. İnsanlar arı kovanına gelen arılar gibi onun etrafında topluluk teşkil etmişler. Bunun üzerine fitneciler devreye girmiş; şehrin yöneticisine, valisine ulaşmış. Tehlikeli bir durum olduğunu, bir adamın kendine adam topladığını, gizli bir güç oluşturduğunu, hatta devlete göz koyduğunu söyleyerek yılanın başının küçükken ezilmesi gerektiğini, tedbir almaları gerektiğini belirtmiş. En yakın danışmanları, dostları böyle söyleyince vali durumdan gayriihtiyari etkilenmiş. Getirin icabına bakalım, diyerek onu ortadan kaldırmaya niyet etmiş. Adamlarını göndermiş. Zat, evinin önüne gelenleri pencereden görmüş ve kapı çalındığında niyetlerinin iyi olmadığını, tutuklamaya geldiklerini anlamış. Bunun üzerine kuvvetli bir tövbe etmiş. Onlarla beraber yola çıktığında da bir fırına uğramak ve bir ekmek almak istemiş. Görevliler acımışlar, nasıl olsa biraz sonra idam edilecek diyerek ekmek almasına müsaade etmişler. Aldığı ekmeği ikinci bir mola rica ederek küçük bir eve, hatta bir kişinin daha zor sığacağı kulübeden hâllice bir yere götürmüş. Âciz, bakıma muhtaç, yaşlı bir kadıncağıza bu ekmeği ikram etmiş, yedirmiş. Artık hazırım deyip görevlilerle beraber sarayın yolunu tutmuş. İçeri girdikleri zaman valinin danışmanları bir anda ağız değiştirmiş. Sanki önceki sözleri söyleyen onlar değillermiş gibi, "Vali hazretleri, aman dikkat edin, bunlar Allah dostudur, dualarını almak, gönüllerini kırmamak, saygılı olmak lazımdır," demiş. Vali de hâliyle şaşırmış ve sinirlenmiş. "Alay mı ediyorsunuz, bu adamı ortadan kaldırayım diye beni kışkırttınız, adamı getirttim, gelir gelmez ağız değiştirdiniz!" demiş. Vali bir açıklama isteyince o zat durumu izah etmiş:

"Adamlarınızı kapımda gördüğümde anladım ki Cenâb-ı Hakk'ı gücendirecek bir şey yaptım, bilerek ya da bilmeyerek günah işledim, O da bana gazap etti. Gazabın neticesi olarak kalpler benden soğudu, huzurunuza ifadeye çağrıldım. Allah bir kulunu severse onu insanlara da sevdirir. Anladım ki bunun olmayışı benim günahımdan, kusurumdandı. Böylelikle samimi bir tövbe ettim. Gelirken de ekmeği zavallı bir kadıncağıza sadaka olarak ikram ettim. Allah ile arayı düzelttim, kalpler yeniden bana teveccüh etti; sadaka da gelen belayı önler, arkadaşlar ağız değiştirdi. Mesele bundan ibaret."

Dersimizi almalı ve dua etmeden önce ısrarla tavsiye edildiği gibi, az da olsa sadaka vermeliyiz. Tövbe de böyledir. Sadaka vermeli -ki bu insana en ağır gelen şeylerdendir- bir adım yaklaşmalı, bir kapı aralamalı ve ondan sonra samimi, kalpten, hakikaten pişmanlık duyarak, bir daha işlememeye azm ü cezm ü kastederek, tereddütsüz, kesin bir kararla tövbe etmeliyiz. Günahın zararı kendimize, Allah ile aramızı bozuyor. Bir de şu yönü var: Alvarlı Efe şiirinde der ki: "Günahkâr olma fahr-i âlem-i zîşanı incitme." Kritik bir mısra bu. İşlediğin günahın onu (aleyhisselam) incitmesinden söz ediyor. Bu ne demek, niye incitsin? Günah benim günahım, ne oldu yani? Demek ki bir evde evladın yaptığı yanlış bir iş babayı nasıl üzerse, "Ya oğlum, yakıştı mı şimdi, oldu mu?" der ve mahcup olursa, işte o şekilde… Mahşerde şöyle bir durumla karşılaşman söz konusu: İki cihan serveri sana diyecek ki, "Yakıştı mı şimdi, bu oldu mu?.."

Hocam benim sürekli aklımda olan bir şey biliyor musunuz? İşte bu beni mahvediyor! Ne cennet ne cehennem, ama bu… "Oldu mu oğlum?"

Oldu mu oğlum?.. Onu utandırıyorsun, onu incitmiş oluyorsun. Bil ki sen bilerek günah işlemekle Rabbinle olan hatırı rencide ettin. Ümmeti olduğun iki cihan serverini incittin. Bu gönül suçudur, bundan vazgeçmekse tövbedir. "Ben bana yakışmayanı yaptım, cahillik ettim…" Tövbe etmek işte bu demektir, bu barışı akıl etmektir. Tövbedeki samimiyet, içtenlik, kararlılık insanı insan yapar. Tövbe etmek kiri temizlemektir. Eskiler tövbe ederken şunu da söylemeyi tavsiye etmişler: "Subhânallahi ve bihamdihî." Yani, "Ya Rabbi, sende kusur yok, sen her türlü noksandan münezzehsin ve hamd sanadır." Noksandan münezzeh olduğunu ısrarla vurgulamak, istiğfardan da öte bir şey olarak bildiriliyor; yani sen kasten günah işlemekle Cenâb-ı Hakk'ın noksansızlığına tecavüz ettin. Şimdi de akdi yeniliyorsun. Af buyurun; ya Rabbi ben eşeklik ettim, kusur benimdir, beni affet diyorsun.

Tabii… Yoksa Allah kulunu ahsen-i takvîm üzere yarattı.

Samimi şekilde bundan rücu etmesi kulun tövbe etmesidir. Tövbe ve istiğfar. Tövbe, pişman olup dönmek; istiğfar, özür dilemek.

Tövbe ile istiğfar arasında ne fark var hocam?

İstiğfarda özür diliyorsunuz, geri dönseniz de dönmeseniz de istiğfar edebilirsiniz. Yaptım ama özür dilerim, hatalıyım diyorsunuz. Tövbede ise pişmanlık var, bir daha işlememeye kesin karar var. Bu karara uyarsın uyamazsın ayrı mesele, ama o kararda samimi misin, hatandan gerçekten vazgeçtin mi? Burası önemli. Tövbenin kabulünden şüphe etmek bile caiz değil derler. Tövbenin şartlarına dikkat et, noksan mı değil mi diye şüphe et ama tövbenin kabulünden şüphe etme. Çünkü kesin delil var, kabul edilir. Peki tövbenin şartları nelerdir?

1. Pişmanlık.
2. Hatasını ifade edip tövbe etmek.
3. Neyle işlediyse o günaha bir daha yaklaşmamak, bir daha yapmamak.

Bu üç şart yerine geliyorsa tövbenin kabulünden şüphe etme. Allah ile dostluğu pekiştiren, tazeleyen bir şeydir bu. Tövbe aşk işidir yani…

Burada dikkat edilmesi gereken şöyle bir varta da var. Bir insanın tövbe edebilmesi için, az önce de buyurdunuz, yaptığı hatanın idrakine varması lazım. Oysa şuna da şahit oluyoruz, çok basit bir örnek, adam bira içip bu çok da mühim değil ya diyebiliyor. İşlediği günahı bir kisveye bürümeye ya da onu legalleştirmeye, istihfaf etmeye çalışıyor. İşte bu, tırnak içerisinde, daha büyük bir "merkeplik" hâline geliyor.

Evet, daha büyük bir suçtur, hiç hoş değildir. Günahın kendisinden daha vahim olan onu hafife almaktır.

| Sineğin ısırmasından korkup yılanın ısırmasına razı oluyor.

Tövbe kurtarıcıdır efendim, kurtarıcı! Hele şu zamanda, yaşadığımız toplumda olup bitenlerin, yayılan yanlışların, alışkanlık hâline gelen vurdumduymazlıkların tek ilacıdır. Bizim topluca tövbeye ihtiyacımız var. Tövbe ettiğimiz takdirde biz eski dostuz, eski dost düşman olmaz, döneceğimiz yer bellidir. Cenâb-ı Hak bizi affedecek, bize izzetimizi tekrar verecektir. Tövbe akdi yenilemektir, pişman olmak, kulluğu idrak etmek, boynunu bükmektir.

Evladın babaya sitem olsun diye yemek masasını ters çevirip ortalığı darmaduman etmesi başkadır, ayağı kayıp sofrayı devirmesi başkadır. İkisinde de aynı hasar husule gelmesine rağmen babanın iki olayda evladına bakışı farklı olacaktır. Hata ile sofrayı deviren evladın yüzüne baktığınızda utancından kıpkırmızı olduğunu görürsünüz. Zarar aynı olmasına rağmen duruş o kadar farklıdır ki ikincisinde bilakis sevginiz, muhabbetiniz artar. Kızmak şöyle dursun artık onu teselli etmeye, olur evladım böyle şeyler demeye yönelirsiniz. Bizler annesinin tokadından korkup annesinin göğsüne sığınan çocuk gibi Allah'a sığınırız. Bunun dışında herkes korktuğundan kaçar ama sadece Allah'tan korkan yine O'na koşar. Tövbe işte bu hâldir. O'ndan korkup O'na sığınmaktır. Bu kapı ölene kadar açıktır. Ümmete rahmet olarak, özel bir ihsan olarak tövbe son nefese kadar geçerlidir. Tövbe-i yeis makbuldür der eskiler. Yani yeis ânında, öleceğini anladığı anda bile tövbe etse bu makbuldür, geçerlidir. Bize mahsus bir ikram ve ihsandır. Yalnız tövbe nedir hiç bilmezse, hiç etmemişse, tadını almamışsa o zor anda da yapamaz, yapamayabilir. O yüzden akıl baştayken ve fırsat varken tövbe etmeli.

Tövbesini kırk defa bozmuş olsa bile yine samimiyetle...

Yine samimi bir şekilde tövbesini tazelemeli, tövbe etmelidir. Bu bizim kulluğumuzun vesikasıdır. Allah ile aramızı düzeltir. Başkasıyla ne işimiz var zaten? Bizi yoktan var edenin, ebedî hayatı bahşedenin huzuruna çıkmaya ne kaldı şurada? Biz Allah'a hesap vereceğiz, Allah bizimle konuşacak. Var mı bundan ötesi! Bizi muhatap aldı, bizimle konuşuyor. "Ey kulum, ne yaptın?" diyor. Şu soruyu düşünmeli ve buna hazırlanmalı: "Ey kulum, ben seninleydim, sen kiminleydin?" Yani suç bu. Ben seninleydim, hiç ihmal etmedim. E sen kiminleydin? Dünya sahasında onunla oyalan, bununla oyalan, beni unuttun, olur mu? Benim sana ihtiyacım mı var? Ben sana bir şey teklif ettimse bunu senin iyiliğin için yaptım. Bu, sevginin ve dostluğun nişanesiydi. Anlamadın!

Bu mahcubiyettir insanı ürperten, korkutan. Yoksa iman sahibine cehennem azabı yok dense sezadır; yani hak etse bile onu kurtaracak birçok sebep vardır ama mühim olan imanla intikal etmektir. Sırat köprüsünden imanla geçmek başından beri uzunca anlattığımız namaza ve diğer emirlere riayet etmekle, akdi taze tutmakla ve nihayet tövbe ile kulluk sınırı içinde kalmakla mümkün. Bu da bir iman meselesi. İnsan ısrarla günah işler, tövbeyi hiç hatırına getirmezse, işlediği günahın günah olmasına savaş açmaya başlar. Allah göstermesin, günahın günah olmasıyla kavgalı hâle gelir, günahı savunmaya başlar. Bu korkunç bir vaziyettir. İşte günahtan küfre bir yol vardır, tövbe bu yolu keser. Buna dikkat edilmeli, tövbenin ehemmiyeti anlaşılmalı. Bir lüksmüş gibi, iyi Müslümanların yaptığı bir eylemmiş gibi, ben yapmasam da idare eder gibi görülmemeli. Bu bir hayat memat meselesi!

Tövbe ya Rabbi hata râhına gittiklerime
Bilip ettiklerime, bilmeyip ettiklerime!

Cenâb-ı Hak bize tövbe etmeyi nasip etsin, tövbelerimizin de kabulünü ihsan buyursun.

| **Ve sona gelmiş bulunuyoruz hocam. Cevabın ne olacağını bilerek son sorumu soruyorum ki kitap da öyle bitsin istiyorum. Son sözünüz nedir?**

Eşhedü en lâ ilâhe illallah ve eşhedü enne Muhammeden abdühû ve resûlühû.

| **Şahit olduk, işittik, Allah razı olsun hocam.**

Teşekkür ederim, eksik olmayın efendim.